和悉达多散步

费勇 著

云南科技出版社

·昆明·

岛
石

序

遇见《金刚经》，和悉达多一起散步

20世纪80年代初，我在大学读中文系，特别喜欢两位中国现代的诗人，一位叫卞之琳，一位叫废名。废名，听名字就特别好玩，他原名叫冯文炳，因为喜欢佛学，喜欢禅宗，还喜欢庄子，就改了名字叫"废名"。鲁迅先生嘲笑他，说他既然把名字都废掉了，那根本不应该叫废名，应该连笔名都不要署。

废名先生年轻的时候就读于北大英文预科，而卞之琳先生是燕京大学英文系毕业的，这就很有意思了，两个人都是学英文的，但他们写的都是充满禅意的诗歌。卞之琳先生有一首诗，很多人应该读过，是现代诗歌里面特别好的一首诗："你站在桥上看风景，看风景人在楼上看你。明月装饰了你的窗子，你装饰了别人的梦。"废名先生的诗很奇怪，有一首《妆台》："因为梦里梦见我是个镜子，沉在海里他将也是个镜子，一位女郎拾去，她将放上她的妆台。因为此地是妆台，不可有悲哀。"

20世纪80年代的时代氛围，并不觉得这些诗和中国传统有什么关系，而是把它们看作现代诗，认为卞之琳、废名的诗受到了英美现代诗的影响。因此，我就去读英美的现代派诗歌，尤其是美国的意象派。阅读过程中，接触到了"垮掉的一代"，读到了凯鲁亚克的小说《在路上》，由此很惊奇地发现，佛学和禅宗竟然是他们的思想资源。凯鲁亚克另一部小说《达摩流浪者》，带给我的是震撼，里面有对《金刚经》的奇怪解读，引起了我对《金刚经》和佛学的兴趣，此前像我这样成长于20世纪六七十年代的中国人，几乎没有听说过《金刚经》。

这是一次奇妙的相遇。从此以后，《金刚经》成为我反复研读的经典，研读过程中留下了点点滴滴的文字。21世纪初，一个因缘让这些文字成为一本书《金刚经修心课：不焦虑的活法》（华东师范大学出版社）。这本书出版后受到的关注，出乎我的意料。很快在中国台湾地区以繁体字版出版，又在韩国以韩文出版。这是我对《金刚经》的第一次解读。现在回头看，这次解读还是粗线条的。不过，那些文字既显现了青春期的焦虑如何因《金刚经》而化解的过程，也显现了因《金刚经》而踏上回归内心之路带来的最初的平静。

2017年，某个线上平台邀请我以音频的形式讲解《金刚经》，于是就有了《33堂金刚经修心课》，逐字逐句把《金刚经》串讲了一遍。2023年，在《33堂金刚经修心课》的基础上，我以视频的形式讲解了一遍《金刚经》，成为B站的年度臻选课。这本书就是视频课的文字版，也是《金刚经修心课：不焦虑的活法》的升级版。这本升级版，我借着《金刚经》，回到了佛学的源头乔答摩·悉达多（释迦牟尼的本名），把他创立的基本概念作了一次梳理。同时，从"还原"这个角度对《金刚经》的逻辑脉络和思维方式做了分析，提炼出了十三条修心法则。这个过程，对我而言，就好像在和悉达多散步聊天。

这是一次通向奥秘的散步。爱因斯坦说："奥秘是我们所能拥有的最美好的经验。在真正的艺术和科学的发源地上，奥秘是最基本的感情。体验不到它的人没有惊讶的感觉，因此这样的人就像行尸走肉一样看不清周围的世界。虽然其中掺杂着恐怖，但奥秘的经验还是产生了宗教。真正的宗教情感是由一种认识和一种感受构成的，即认识到存在着某种我们所不能洞察的东西，感觉到那种最深奥的理性和最璀璨的美。"活在世间，要走好每天上班、下班的路，也要常常仰望星空，飞翔在无限里；活在世间，要学习语言所能传达的知识和经验，也要感悟语言所不能传达的知识和经验之外的奥秘。

　　我自己20岁左右接触《金刚经》，深深为它文字里蕴藏的无限光芒所吸引，40多年来《金刚经》成为我反复阅读、思考、践行的一个文本。《金刚经》给我最大的帮助，并不是理论上的，也不是宗教上的，而是生活上的。在我看来，《金刚经》也是一种非常实用的生活哲学，它会从意识上彻底扭转我们惯性的生活方式，把我们带进一种无限宽广的生活之流，让我们紧张的世俗生活变得放松、自在。

目录

1　　婆罗门与悉达多

14　悉达多的学习之路

25　悉达多的觉悟

37　踏上悉达多的旅行

51　修心法则 1
　　把问题还原为发心

63　修心法则 2
　　把个体还原为系统

77　　修心法则 3
　　　把困境还原为生长

89　　修心法则 4
　　　把手段还原为目的

103　　修心法则 5
　　　把假象还原为真相

115　　修心法则 6
　　　把名相还原为具象

127　　修心法则 7
　　　把观点还原为事实

137　　修心法则 8
　　　把存在还原为缘起

149　　修心法则 9
　　　每一种观看都用心在看

159   **修心法则 10**
        每一个念头都随心而动

169   **修心法则 11**
        生命即放下

183   **修心法则 12**
        生命即圆融

193   **修心法则 13**
        生命即如来

207   《金刚经》和禅宗

216   科技越发达，心智问题越重要

227   跋   在尼泊尔，和悉达多一起散步

235   附录 1 《金刚经》原文及语译

289   附录 2 《心经》到底讲了什么

301   参考书目

婆罗门与悉达多

假如对佛教没有基本的了解,那么,不可能读懂《金刚经》。所以,在读《金刚经》之前,一定要先了解一下佛教。什么是佛教?我第一次接触佛教,真正去了解佛教,有一种很意外的感觉:佛教原来是这样的,不像宗教啊。这种意外的感觉,我发现很多人都有,尤其是西方人,第一次真正接触佛教,都会觉得惊讶,觉得佛教不是宗教,更像物理学和心理学。主要的原因是,佛教没有偶像崇拜,不相信有外在于我们的绝对的主宰,像"上帝""神灵"之类。这是相比于其他宗教,最显著的特点。严格地说,平时我们看到的"求神拜佛",都不符合原始佛教的教义。真正的佛教,不需要我们"求神拜佛"。那么,到底什么是佛教呢?我们先看佛教的定义,佛教是世界三大宗教(基督教、伊斯兰教、佛教)之一,由古代印度迦毗罗卫国王子乔答摩·悉达多所创立,佛教注重人类心灵和道德的觉悟与进步。佛，是觉者的意思。佛教信徒修习佛教的目的即在于依照悉达多所悟到的修行方法，发现生命和宇宙的真相，最终超越生死和苦、断尽一切烦恼，得到究竟解脱。

要完全理解这个定义，第一，要弄清楚乔答摩·悉达多是什么人，他是如何成佛的；第二，要弄清楚成佛是什么意思，佛是什么。

第一，乔答摩·悉达多是什么人？他是如何成佛的？

这是古代印度一个王子的故事。大约公元前565年，古代印度的迦毗罗卫国净饭王的夫人，摩耶夫人生下了一个太子，取名叫乔答摩·悉达多。他的家族叫释迦族，是喜马拉雅山脚下的一个乡村部落，所以，佛陀也常常被称作释迦牟尼，意思是释迦族的贤人。他本来应该做一个国王，但当他看到了人世间的生老病死，感受到世间的"无常"后，他决心要去修行，选择了出家。他最后觉悟成道，成为佛教的创始人，大约在公元前486年去世。

净饭王子为什么要出家？最著名的说法，是因为他走出皇宫，看到了病人和死人，看到了生老病死的痛苦，觉得即使拥有一个王国也无法摆脱这种痛苦，就决定要出家，去寻找最终的人生道路。这个叙述，透露出佛教的一个起点，这个起点有两个层面。第一个层面，就是作为一个王子，他有条件满足自己的各种欲望，当所有的欲望被满足之后，他发现痛苦和烦恼并没有消失。如何才能从烦恼和痛苦中解脱出来呢？第二个层面，就是作为一个王子，当所有的世俗的追求都实现之后，还能追求什么？净饭王子的思考，是从这两个层面的起点开始的，这决定了佛教的基本风格。

这里我想特别提醒一下，人类早期的宗教创始人和哲学思想创始人，基本都是平民，只有释迦牟尼是王子，是贵族。这是一个值得我们留意的特点。想一想，为什么？

释迦牟尼的出家，不是因为他个人遇到了什么挫折，遇到了什么倒霉的事情，通过出家来逃避，而是在享受了荣华富贵之后，体验到了人类的终极性困境，才决定放弃一切世俗的生活，出家修行去寻找解决人类的终极性困境的道路。也就是说，释迦牟尼的出家，不是基于自己的痛苦，而是他看到了别人的痛苦，看到了人类的终极性痛苦，才决定要去出家，要去寻找解决人类的终极性困境的道路。

佛陀出家后，为了寻求至高无上的寂静之道，追随过一些老师，学习各种方法。但他发现，这些老师的方法，都不能让他彻底解脱。他的修行陷入困境。大约出家学习6年后的某一天，几乎绝望的净饭王子，离开了他最后一位老师，到了一个叫犀那镇的地方，那里有一条清澈的河流，有一片清净的树林，附近还有一个村庄。佛陀就在那里，开始独自修行。一些文献记载了佛陀在这个地方，认识了一位镇长的女儿，还有一位牧童。

佛陀在那里开始了苦修。他开始绝食，后来又只吃一点点东西。一段时间后，他的身体变得非常虚弱。最后，他对苦修产生了怀疑，觉得苦修并没有带来最终的平静。这个时候，他突然想起了小时候的一次经验，就是在阎浮提树下无意中进入禅定的那种状态，那种充满喜乐的状态。佛陀对自己这些年来的修行有所反思，他出家以后，为了寻求最终的觉悟，时时刻刻和欲望作斗争，或者说，和人性作斗争，时时刻刻压制任何一种冲动，对任何形式的快乐都有意远离。当时，佛陀问自己，为什么要那么害怕？"为什么要害怕这种喜乐？这种喜乐并非来源于感官引起的欲望。"

于是，他决定要接受这种喜乐，放弃苦行。后来，佛陀把自己的修行方式称为"中道"。他说，出家人应该避免两种极端：一种是沉溺于欲望的快乐，低级、粗鄙、不体面、无意义；另一种是热衷于苦行，痛苦、不体面、无意义。然后，他又说，"中道"就是"八正道"。

放弃苦行之后，有一天佛陀走到尼连禅河边，坐在一棵毕钵罗树下沉思默想，一动不动，进入深度的禅定。到了第7天，天空闪过流星的刹那，他突然觉悟成道，从此成为佛陀，简称佛，意为觉悟者。那棵毕钵罗树从此被称为菩提树，菩提意即智慧。那一年，这位出家的王子35岁。这是关于乔答摩·悉达多成佛的大概经历。

我想特别强调的一点就是，悉达多的成佛，不是一般人那样理解的成了"神仙"，而是一个普通人通过学习，通过改变自己生活方式的修行，通过意识的转换，觉悟到了存在的实相，并把这实相转化成一种新的生活方式，一种新的不受欲望主宰的自在的生活方式。这就是成佛。如果你能做到，你也是佛。在佛陀看来，每一个人本来都应该这样，只是我们在欲望的迷宫里迷失了。

第二，成佛到底是什么意思呢？佛是什么呢？

释迦牟尼成了佛，有人问他："您是'神'吗？"回答："不是。"又问："那么，您是人吗？"回答："也不是。""那么您到底是什么呢？"佛陀回答："我是 Buddha。"

Buddha 梵文发音"波塔"。汉语里最早把 buddha 音译为"浮屠"，后来翻译为佛陀，或者佛，一直使用到现在。

那么，佛陀是什么意思呢？

很多人将佛陀翻译成"觉悟的人"，我觉得这个说法不太妥当，因为佛陀自己说：我不是"神"，也不是人，而是觉者。如何理解这个"buddha",到底这个觉者意味着什么呢?可以从佛陀自己的一段讲述里体会一下。在《圣求经》里,佛陀讲述为什么出家:"在我觉醒之前,我只是一个尚未开悟的菩萨,自身束缚于生老病死、忧愁和污秽,也追求束缚于这些的事物。于是,我想,自身受到生老病死、忧愁和污秽的束缚,为什么还要去追求受到这些束缚的事物呢?我在想,自身受到这些束缚,看到其中的祸患,能否追求无生、无老、无病、无死、无忧愁、无污秽,达到无上解脱,达到涅槃?"这个觉者,用文字是不能描述的,是超越了文字语言的一种状态。从文字上,当然可以说,觉者,是觉悟了的人,就是说,人觉悟了,就会成佛。但更深地去领悟,就会觉得,觉,是超越了人和"神"的一种觉悟了的状态。从根本上说,佛也不是一种状态,而是超越了一切状态的元存在。就是一种本原性的存在。既是存在,同时又是不存在。这大概是释迦牟尼自己对佛的解释。根据这个解释,佛就一直在那里,而每一个人最终都会回到佛的样子,回到本原。所以,可以说,这个世界上有多少众生,就有多少佛。也可以说,不管有多少众生,最终都会到佛这样一个唯一的本原,只有一个唯一的佛。对我们普通人而言,这个理念开启了人类思想史上一段伟大的旅程,就是每一个人都可以透过修行，觉醒、觉知、觉悟，最后回到本原，回到本来的样子。

那么，透过什么样的修行，普通人才能成为觉者呢？

佛陀建立了一套严密的修行体系。最基本的就是"四圣谛"——苦、集、灭、道四谛。这是佛陀在菩提树下进入禅定后领悟到的法门。佛陀一开始弘扬佛法，讲的也是"四圣谛"，讲了三遍"四圣谛"。第一遍，就是告诉大家生命中有哪些痛苦，告诉大家造成这些痛苦的原因是什么，告诉大家消除这些痛苦的方法有哪些，告诉大家最终都可以通向涅槃。第二遍，就是告诉大家应该去面对那些痛苦，告诉大家应该去断除那些痛苦的原因，告诉大家应该去验证那些消除痛苦的方法，告诉大家应该去修行涅槃之道。第三遍，是告诉大家证悟的境界，证悟的境界就是我已经知道各种痛苦并能够面对它们，我已经断除了痛苦的原因，我已经践行了灭苦的方法，我已经修行了涅槃之道。

"四圣谛"中的"苦谛"，就是苦的真理。这是佛学的基本前提，这个世界上的一切，在根本上引起的都是痛苦，欲望的本质是痛苦，缘起的本质是痛苦，不管什么快乐，都注定会消失，都很短暂，而且越是快乐的东西，引起的痛苦就越深刻。苦谛的意思不是活着很痛苦，而是我知道活着很痛苦。

那么，有哪些痛苦呢？佛教里有三苦、八苦的说法。三苦，指的是苦苦、坏苦、行苦。苦苦讲的是身体给我们带来的痛苦，坏苦讲的是我们所处的环境给我们带来的痛苦，行苦讲的是无常给我们带来的痛苦。三苦讲的是人生总的痛苦。八苦，着重于心，就是我们常常讲的心很累，那么，都有哪八苦呢？生、老、病、死、爱别离、怨憎会、求不得、五蕴炽盛。啼哭着来到世间（生），慢慢地衰老（老），不时地遭受病痛的折磨（病），然后寂寞地死去（死）。在漫长而短暂的一生里，我们喜欢的人和事物，总是不能长久地和我们在一起（爱别离）。和我们在一起的，常常是我们不喜欢的人和事物（怨憎会）。欲求没有止境，总是得不到满足（求不得）。一辈子，我们都在各种形色、各种纷繁的感受、思想、意志、意识之间纠缠起伏（五蕴炽盛）。不仅如此，还会遇到各种意想不到的灾祸（厄），车祸、失业、破产，诸如此类。

佛陀指出了这个世界的苦，接着他不是一把眼泪一把鼻涕地感伤，或者及时行乐、醉生梦死，又或者简单地认为既然世界是苦，是无常，那赶紧做点自己喜欢做的事，而是提出了集谛。佛陀说：活在世间，很苦。怎么办呢？你要去找到苦的缘由。怎么去找苦的缘由呢？在根本上，佛陀发现有三种原因，一种是贪，就是贪婪的贪，总是不断地想要得到、占有，执着于我想要，对我想要、我喜欢的东西，总是不断地追求、占有。第二种是嗔，就是愤怒、怨恨的情绪，对自己不喜欢的东西，总是不想要，不断地愤怒、怨恨，执着于自己不喜欢的东西。第三种，是痴，就是心性迷暗，就是愚昧，看不到真相，执着于表面。贪嗔痴，是烦恼的三种根本原因。那么，如何去找到它们呢？首先是透过五蕴这个工具去找，贪嗔痴的根源在于五蕴——色蕴、受蕴、想蕴、行蕴和识蕴的聚合。色就是身体，就是眼、耳、鼻、舌、身、意。蕴就是积淀、聚集、组合，时间上的沉淀、空间上的组合。为什么会有五蕴的聚合？又得去分析十二处、十八界。为什么十二处、十八界、五蕴的聚合会幻化出我们的"自我"以及这个世界？还得去分析十二因缘，找到每个人独特的命运。关于五蕴和十二因缘，我会在下一章详细解释。佛陀通过集谛，对我们痛苦的原因，进行了非常细致的分析。

分析完了，怎么办呢？佛陀紧接着说了灭谛。如果我们找到了原因，那么，苦是可以熄灭的，怎么熄灭呢？要涅槃，要出离这个世间。灭谛是出世的果。涅槃不是去世，而是熄灭了烦恼的火焰。佛教把我们生活的世间比喻成着了火的房子（火宅），不值得我们留恋。我们想要解决我们的烦恼，就必须跳出来，到一个更大的格局里去。这是灭谛很深刻的一个观念，就是人类一定能够灭除自己的痛苦，但是必须跳出人类的格局，在人类的格局里解决不了人类的问题。我们看人类的历史，不论怎么样进步，不论科技多么发达，总是会带来新的问题。但在宇宙的广度和高度里，人类的问题是可以解决的。所以，我自己经常把涅槃这个很玄的佛教概念，简单地解释为"跳出来"。涅槃，并不是死后才能实现的境界，而是我们在活着的时候，如果时时从各种束缚里跳出来，就是涅槃，就是在灭除痛苦。跳出来，是佛陀发现的从根本上解决烦恼的方法。

那么，怎么样才能跳出来呢？有第四个道理：道谛。道谛，道，就是道路，通向解脱、涅槃的道路。一般的说法就是八正道。这是最基本的佛法。这个正，不能解释为正确，而是整体的、系统的、正向的。八正道就是：正见（整体的知见）；正思维（整体的思考方法）；正语（不作一切非理之语）；正业（不做造恶业的事）；正命（正向的生活与职业）；正精进（正向的不懈怠的努力）；正念（正向的意念，明记四谛的道理）；正定（正向的禅定）。

透过八正道，我们可以出离世间，摆脱烦恼。后来有六度的说法，六种救度、度化的方法：布施、持戒、忍辱、精进、禅定（也称静虑）、般若（也称智慧）。关于六度，后面讲《金刚经》的时候会详细解释，这里只要知道名称就可以了。总之，佛教最基本的修行方法，就是八正道和六度。

佛学的基本概念，包括十二因缘、业力、三界、五蕴、六道轮回、缘起缘灭、八正道、六度、空性等，都可以通过四谛来阐述。总的来说，苦、集两谛，否定了这个世界；灭、道两谛，超越了这个世界。当佛陀说这个世界是苦的，这个世界没有什么值得留恋，这个世界非常无聊，佛陀并不是要我们厌弃这个世界，更不是要我们消极地活下去，而是要我们在否定了这个世界之后，要超越这个世界，活得更好。

从四谛，我们可以看到佛教最显著的一个特点，就是相比于其他宗教，佛教几乎是唯一的无神论宗教，佛教不相信有一个外在于我们的绝对主宰。没有绝对主宰，只有因果法则。所以，要觉醒，要觉知，要觉悟，因为在觉醒中，才能观照到因果法则，才能看到真相。观照到因果法则，看到真相，你的心会告诉你应该怎么做。佛陀从不认为自己是救世主。他对于众生的救度，是另一种意义的救度，他告诉你人间悲剧的原因，告诉你如果想摆脱悲惨的命运，就要离开那个造成痛苦、麻烦的系统，到另外一个系统里去。只要你还在那个系统里，就没有人能够救你，你只能承受自己的业力，承受因果的力量。佛陀生活的年代，是非常野蛮暴力的年代，但佛陀一生奉行不伤害的原则，把慈悲作为修行的法则。

佛陀在临终时给他弟子的遗言是：以自己为岛屿而安住，以自己为庇护；以法为岛屿，以法为庇护，不以别人为庇护。这个世界上，一切的一切都靠不住，只有靠你自己。靠你自己打开心性的大门，回到你的本原。

关于什么是佛教，有两种说法很普遍，一种是学理性的，一种是通俗的。学理性的说法是三法印（凡符合这三条原则的，就是真正的佛法）：诸行无常，诸法无我，涅槃寂静。通俗的说法是：诸恶莫作，诸善奉行，自净其意，是诸佛教。

诸恶，就是佛教所说的十恶，即杀、盗、淫、贪、嗔、两舌、恶口、妄言、绮语、邪见；诸善与诸恶相对，就是佛教所说的十善，即不杀、不盗、不淫、不贪、不嗔、不两舌、不恶口、不妄言、不绮语、不邪见。

德国哲学家雅斯贝尔斯在《四大圣哲》里，对佛教的评价是："佛教所传之处，人心总有祥和的悲愿，就目前所知，佛教是唯一没有暴力胁迫、没有残害异端、没有信仰法庭、没有巫术公审、没有宗教战争的世界性宗教。"

谈到佛教对现代人的意义,他说:"佛教虽然遥远,却也不至于使我们忘记我们都是人,都在面对同样的人生问题。佛陀和佛教找到了一种解脱大法并付诸实践,我们的任务只是设法去认识它,并尽可能了解它。"佛陀一生的行谊以及佛教徒在亚洲各地沿袭至今的生活方式,都是伟大而重要的事实。它指向人类问题的重要本质——人并不是完全听任命运摆布的,他是开放的,他有无穷的可能性。

悉达多的学习之路

前面讲了佛教是什么,把佛教的形成和基本理念梳理了一遍,为我们理解《金刚经》提供了一个背景。把《金刚经》放在佛陀成佛的过程,以及四谛这个理论框架里去理解,就会容易很多。另外,还有三个概念,假如不去弄清楚,读《金刚经》也会很困难。哪三个概念呢?第一个是五蕴,第二个是六道轮回,第三个是十二因缘。

关于五蕴,大家一定记得《心经》的第一句——"观自在菩萨,行深般若波罗蜜多时,照见五蕴皆空,度一切苦厄"。观自在菩萨,修习深妙般若,功行到了极其深妙的时候,照见了五蕴皆空,然后就化解并消除了一切的痛苦烦恼。《心经》的这句话很明白地指出了,五蕴是我们烦恼痛苦的根源,我们要想幸福平静,就一定要弄清楚五蕴是什么。五蕴的蕴,是积聚的意思,古代汉语里有时也写作阴阳的阴,五蕴,有时也叫作五阴。五种积聚而成的东西。这个"蕴"字和现代心理学有相通之处，现代心理学的一个所谓重大发现，就是发现了压抑是我们心理问题的一个根源。但早在两千多年前，佛陀就用蕴这个概念，指出了这个世界的一切现象都不是当下的，也不是孤立的，而是在无限漫长的时空里积聚而成的。这个说法比压抑说更加开阔。那么，到底是哪五种积聚的东西呢？

五蕴中的第一种蕴是"色蕴"。一说到色，我们就想到"好色"，想到美女。但"色蕴"中的"色"，在原始佛教里只是指我们自己的身体。后来渐渐有了更广的范围，指的是所有人的肉身，眼睛、耳朵、鼻子、舌头、四肢等，都是"色"。色的基本含义，指的就是眼、耳、鼻、舌、身这五种基本的感觉器官，加上与五种感觉器官相对应的五尘，也就是五种外境——色、声、香、味、触，构成了"色蕴"的基本内涵。后来，色的含义又扩大了，被引申为一切看得见的事物。

我们最大的幻觉大概有两个：第一，就是把自己的身体当作了自己；第二，就是把看得见的事物当作了真实的存在。把自己的身体当作了自己，我们活着的目的就成了让这个身体舒服，让这个身体快乐。把看得见的事物当作真实的存在，我们就会把身处其间的环境当作全部的世界。我们的生命，大多数时候都被困在了自己的身体，以及所处的环境里。

我们的很多烦恼、很多挣扎、很多羁绊,都是由这种幻觉引起的。所以,有时候我们只是去很远的远方走一走,就会突然有一种放空的感觉。只是我们去了远方,又很快会回到原地,重新活在幻觉里。

五蕴中的第二种蕴是"受蕴"。受就是感觉,身体对外界的感觉。比如冷热,比如疼痛。佛陀更进一步把"受蕴"分成三种:苦的、乐的、不苦不乐的。比如现在,我看到窗外的景色,一栋栋的高楼,还有珠江。我看到楼下的广场,感觉不到苦,也感觉不到乐,只是看到了那么一个广场;我看到窗台上有一盆花长出了新的花蕾,有一种愉悦的感觉,这是乐;我看到桌下有一小堆垃圾没有处理,感觉到不愉快,这是苦。这是眼睛看到外境引起的"受"。

再说我们身体其他器官感知外境引起的"受"。耳朵,听到音乐,会觉得乐;听到哭声或噪声,会觉得苦;听到自来水的流水声,不苦不乐。鼻子,闻到花香,会感觉到乐;闻到狗便便的臭味,会感觉到苦;闻到雨水的气息,不苦不乐。舌头,吃到美味,会感觉到乐;吃到药,会感觉到苦;喝到白开水,不苦不乐。身体,接触到夏天的阳光会觉得很热,苦;接触到寒冬的阳光会觉得温暖,乐;

接触到秋天下午的阳光,并不觉得舒服,也不觉得不舒服,不苦不乐。如果我们接触到美貌的人,会感觉到快乐,乐;接触到丑陋的人,就会感觉到不快乐,苦;只是接触到一张平滑的桌子,就没有什么特别的感觉,不苦不乐。

我们生活的每个时刻,我们的眼、耳、鼻、舌、身,时刻与外界发生感应,时刻在苦、乐、不苦不乐三大类型的感受中流转。我们认为那个感觉到"苦""乐"或"不苦不乐"的人就是我。确实,此刻那个在开着空调的房间里感觉到凉意的人,如果不是我,那么,是谁呢?

五蕴中的第三种蕴是"想蕴"。想,是人对感觉到的对象形成的概念。看到或接触到一个漂亮的人,感受到愉悦,这是"受",接着下了一个判断:这是漂亮的人,形成一个概念,就变成了"想"。人在阳光下感到很热,这是"受",接着下了一个判断——夏天到了,由感受到热的天气而形成"夏天到了"的判断,这是"想"。

"想"有两个方向,一是我们感知到外界的事物,比如风,开始只是感到有一种流动的东西吹在自己身上,慢慢地,对这种流动的东西形成了一个概念,把它叫作"风"。二是我们先有了个概念,然后在现实里印证,比如城市里的孩子先有羊的概念,再在某一天真实地看到了羊，才真正知道这就是羊。

当我们有了一个身体（色），就时刻在受，时刻在想。我们理所当然认为那个在感受的、那个在想的，就是"我"。那个感受到热，并给出"夏天"这个概念的，就是"我"。

五蕴中的第四种蕴是"行蕴"。行，不是行走的行，也不完全是行动的行。简单地说，所谓行蕴，指的是造业的心理活动。行不一定产生实际的行动，比如，有人不小心踩了你一脚，你心里生出愤怒，就已经是"行"了，因为愤怒会带给你业。当然，你看到别人的不幸，内心生起悲悯，也是"行"，因为悲悯会带给你善业。

看到美好的事物，觉得很愉悦，这是"受"；心里感叹"哇，好美"，这是"想"；心里盘算怎么能拥有，就是"行"了。"行"当然并非如此简单，梵文的"行"据说还有记忆的意思，意味着"行"积聚了以前累积而成的业力。我们对外境，总是有感受，有概念的判断，还有意欲。这个意欲，就是行。"行蕴"的作用，就是造业。造业，就是会产生业力。业力，最简单地说，就是作用力和反作用力，力不能离开物体单独存在，任何一种力只要作用在物体上，就一定会产生与之大小相等、方向相反的反作用力。也就是说，我们此刻的心念和行为一定会对未来造成影响。而我们现在之所以是这个样子，一定是过去的心念和行为累积而形成的，这些心念和行为累积形成了一种无意识，在背后驱动着我们。

我们很容易认为，那个意欲做什么的人，就是"我"。看到美好的事物，感觉到愉悦；然后，脑海中形成了"美"的概念；最后，产生强烈的冲动想去占有这种美。这个产生强烈冲动甚至采取了行动的人，难道不是"我"吗？按照佛陀的学说，那真的不是你。否则我们很难解释，有时候我们的理智清楚地告诉自己不应该爱上某个人，但是还是去爱了，还是往深渊里跳，什么都拦不住。为什么呢？因为业力，因为那个意欲里藏着无数劫聚合而来的业力，推动着你要那么做。当我们有所"行"，其实并非有一个实在的"我"在"行"，而是无数劫累积而成的业力起的作用。

五蕴中的第五种蕴是"识蕴"。按照大乘佛教的说法，识蕴分为"八识"：眼识、耳识、鼻识、舌识、身识、意识、未那识、阿赖耶识。八识分为三类（三能变）：一者为心，它聚集起各种现象，并且产生认知、判断等；二者为意，它不断地在思量，即我们有一种心念，它一直执着于一个"我"；三者为识，即能够了别外境、知觉外境的心。有时候，心、意、识总称为心，也称为识蕴。识能够知道外境，所以是能知的心，由它带动其他的心念，以它为主，故称为心王，随它而生起的心念称为心所。

眼睛只是看见东西，一旦作出分别，这是旧房子，那是新房子，就是眼识在起作用。耳朵只是听见声音，一旦作出分别，这是悲哀的音乐，那是快乐的旋律，就是耳识在起作用。鼻子只是闻到气味，一旦作出分别，这是香的，那是臭的，就是鼻识在起作用。身体只是接触外物，一旦作出分别，这是舒服的，那是难受的，就是身识在起作用。这五种识不论哪一种生起，意识就同时出现。意识的功能是认识抽象的概念。

未那识和阿赖耶识是佛教中非常独特的观察思路，意蕴复杂。简单而言，未那识就是以为有一个"我"的那种意识，是我执的根源。阿赖耶识又称"如来藏"，一切的意识种子，一切善恶的种子都在阿赖耶识里，包含了宇宙最初形成那一刹那的意识。这很容易让人想起电影《超体》，电影中假定了人脑的潜力只开发了10%不到，如果将剩下的约90%开发出来，人就可以突破时空的障碍。

五蕴是佛学里一个非常重要的分析工具。《金刚经》里，"凡所有相皆是虚妄""应无所住而生其心"，等等，都是透过五蕴推论出来。

关于五蕴，先讲到这里，再看六道轮回。六道轮回的说法，在婆罗门教里就有，主要讲的是人死后，有六个可能的去处。第一个是天道，也称天人道，这是轮回中的最高层次，第二个是阿修罗道，第三个是人道，第四个是畜生道，第五个是饿鬼道，第六个是地狱道。世界上的众生因为不同的业力，不同的因缘，分别生活在这六个空间。

天道里住着的当然是天人，一般中国人很容易把天人理解成神仙，神仙是道家的概念，佛教的天人和神仙还是不太一样的。能够成为天人的，是累积了很长久的善因善缘而达成的。天人有大神通，寿命很长，饮食和衣服、住房等日常生活非常舒适。一些佛教文献对二十八层天里天人的生活状况有详细的描绘。

阿修罗道里住的是魔，是天龙八部的护法神之一，半神半人，而且还是天生神力，他们的特点是容易愤怒，好斗。男的很丑陋，女的很漂亮。阿修罗喜欢战斗，所以，战场被称为修罗场。转生到阿修罗道者，一般没有大的恶行，但轻慢心很重，很骄傲，也很爱嫉妒。阿修罗死后投胎三恶道的机会很大，所以，南传佛教把阿修罗道列为恶道。但北传佛教把天道、人道、阿修罗道列为三善道。

人道里住的当然是人。人，梵语的意思是意，指人做什么事都先起意。也有人将其解释成忍，讲的是人能够安忍。虽然人间是一片苦海，但能够进入人道做人，就可以在苦海里修行，就有成佛的可能性。佛家经常说，人身难得。我们要珍惜成为人的因缘，好好完成这一生。

住在畜生道里的当然是动物。一般愚蠢贪婪的人，很容易投胎为动物。动物被人劳役，被人宰杀，或相互残杀。

饿鬼道里住的当然是饿鬼。投胎在饿鬼道里的人，都是坏人。饿鬼道的人特点就是不停地吃，但总是吃不饱。投身饿鬼道的都是一些十恶不赦的人，他们每天只知道不停地吃，而且永远都不会吃饱，每天都要饱尝饥饿的滋味，这也是对他们上一世作恶的惩罚。

住在地狱道里的人是最悲惨的人。罪业深重的人，就会下地狱，一旦下地狱，就会经历几十万年的折磨，才有可能转世进入其他轮回道。所以，畜生道、饿鬼道和地狱道被称为三恶道。

六道之中只有人道和畜生道是有形体的，且在同一个空间。其他道均是无形的，不能被看到的。只有极少数的人由于某些特殊的因缘才能够感知到。

和婆罗门教相比，佛教六道轮回说的特点在于：

（1）佛教否定创造主的"神"与灵魂；否定天堂、地狱、人间是创造主所创造的。这也是佛教和其他宗教的重要差异。

（2）佛教强调了个人在现实里具有自由意志的业力，

但同时又不认为轮回的主体是个体的灵魂，不承认个体有一个不变的灵魂，佛教认为轮回并没有主体，只有五蕴在缘起缘灭。

（3）佛教认为人生的根本目的是跳出六道轮回，归于涅槃。

（4）佛教的六道轮回说，认为人具有多重的可能性。圣严法师有过一段精辟的解释："众生生死范围虽然有六道，众生的善恶业因的造作，则以人道为主，所以唯有人道是造业并兼受报的双重道，其余各道都是受报的单重道。"即天道与阿修罗道只有享福报，下三道只有受苦报，没有分别善与恶的能力；唯有人道既能受苦也能享福，也能分别何善何恶。正因如此，佛家的观念，特别重视人生善与恶的行为及责任。

佛教的六道轮回，在根本上还是一个信仰层面的东西。关于死后往哪儿去的设想，是基于让我们在现在活得更好，重点还是在圣严法师说的，重视的是人生善与恶的行为和责任。我们在人世间的行为决定了我们死后会去哪里，比如，犯下重罪的人会下地狱，心地纯良的人就会去天道。

还有一个解读方向，中国的六祖慧能把六道轮回看成我们内心情绪的反应。也就是说，六道轮回，不过是我们内心的波动造成的境界。比如，当强烈的欲望控制了我们内心时，我们变成金钱、美色的奴隶，疯狂地想要去得到、占有，这个时候，我们其实处于饿鬼道；当我们愚昧无知的时候，我们和动物又有什么区别？此时我们其实是在畜生道；当我们处于极度痛苦的时候，其实是在地狱道；当我们嫉妒、愤怒的时候，我们很可能已经在阿修罗道了；当我们处于平衡状态时，我们就在人道。这样解读的话，我们每天都在六道里轮回。所以，我们每天都要修行，每天都要保持觉知。

悉达多的觉悟

前面我们讲了六道轮回和五蕴，接下来看十二因缘。十二因缘是非常重要的佛学概念，只有明白了十二因缘，才能真正明白因果、业力等概念，也只有明白了十二因缘，才能明白为什么要禅定，为什么修行八正道。明白了十二因缘，你会发现，佛学的任何修行，都是在摆脱轮回的惯性。那么，到底什么是十二因缘呢？

十二因缘中的第一种因缘叫作无明。仅从字面上看，无明，就是没有光明。没有光明会怎么样呢？会看不见。看不见，看不清，就不明白。这里的不明白，就是无明。按照佛陀的说法，无明即不明白正理，比如无常的道理、轮回的道理、空的道理，也就是看不清事物本来的样子。因为看不清，因为不明白，所以就在种种虚妄的念头里生活，这就叫无明。在佛陀，或者其他觉悟者的眼里，我们这些凡夫俗子都活在无明的状态里。个人的种种麻烦、国家的种种麻烦、人类的种种麻烦、地球的种种麻烦，都是由无明造成的，都是由我们不能洞察存在的真相造成的，换一种说法，无明的念头引发了无数的麻烦。一个爱欲的念头，引发了无数的爱恨情仇；一个好胜的念头，引发了无数的明争暗斗。

一念无明，意味着纷纷扰扰的世界其实都从最初那一念开始；无始无明，意味着无明的念头一旦念念不断，世间的纷纷扰扰就无始无终。每个人既活在现在，又活在过去，因为每个人的念头里有无始以来积聚而成的无明习气。这些过去的无明习气犹如监狱，禁锢了当下的心灵。

十二因缘中的第二种因缘叫作行。无明引起执着，执着之后就去做一些事情，佛教里叫作造业。这个造业就是行。因为嫉妒，因为愤怒，就在心里盼着别人倒霉，就造了意业；如果出口恶骂别人，就造了口业；如果进一步动手伤人，就造了身业。为什么会造业？是因为无明，因为不明白无我的道理，妄执一个我，所以起了无尽烦恼；因为不明白无法可得，妄执有法，所以起了无尽的烦恼。

所以，《华严经·十地品》里说，世间生生灭灭，循环往复，都是因为执着。执着于情，执着于爱，执着于权力，执着于财富，执着于名誉，然后就会有很多的心计、很多的行为，然后，这些心计、这些行为，造成了业力，在将来的命运里发生作用。所以，业的结果就是报，造的任何业都会有报应，有些很快就会有报应，有些则要在漫长的轮回之后有报应。总之，任何的造业，也就是任何的行，都是未来的因，会有清晰的报应。

十二因缘中的第三种因缘叫作识。佛陀讲十二因缘，讲的是生命在过去、现在、未来三世的转换、变化。无明、行讲的是过去，讲过去的流转里迷妄的信念引发了一个又一个的行为，造下了各种各样的业。这些业到了现在，引发一种识，一种投胎的识。什么是识呢？从字面上看，就是识别、分别。在十二因缘里，这个识有分别心的意思，但更准确的说法也许是投胎前那一刹那的念头。这是佛教很特别的理论。关于人的诞生，其他宗教会说上帝创造了人，科学会说精子和卵子的结合形成了生命。但佛教的理论指出并不是什么外在的东西创造了你，而是你创造了你自己。当一个男子和一个女子在交媾的时候，是你因着一种欲念，闯入了人家的受精卵里，变成了人家的子女，并非你的父母生下了你，而是因着你的欲念，因着某种因缘，那对夫妻成为你的父母，佛教里称有缘父母。也就是说，在你的母亲怀上你之前，你一直就存在着。每一次，你重新来到这个世间，都因着一种识而开始，这种识里积聚着你过去的种种业力，在某刻变成一个最初的念头，穿过隐秘的通道，抵达母胎。

这个过程，在那本著名的据说是莲花生大师所写的《中阴得度》(也叫《西藏度亡经》)里有具体的描述。这本经书讲述的是人死后往哪儿去，一个基本理念是肉身的消失并不意味着意识的消失，意识有它自己展开的法则和道路。解脱，不再回到世间，或者堕入地狱，或者回到人间成为人或动物，全赖你以往的业力，以及你死后转生前的最初的一念。最初的一念，就是那一念开始了一段生命的旅程。

十二因缘中的第四种因缘叫作名色。所谓"名"，即精神；所谓"色"，即物质。"名色"合称，泛指一切精神与物质现象。识进入胎门，形成胚胎。这个胚胎，是名，又是色，既有心理的成分，又有生理的成分。生命的诞生，意味着精神与物质的融合，灵魂和肉身的合一。

十二因缘中的第五种因缘叫作六入。名色慢慢成长，一个微小的胚胎成长为一个胎儿，发展出六种感官：眼、耳、鼻、舌、身、意。这六种感官构成了我们一般所说的身体。

十二因缘中的第六种因缘叫作触。因为有六入，所以出了母胎之后，人就会和"六尘"接触，眼睛所触及的尘境叫色尘；耳根所触及的尘境叫声尘；鼻根所触及的尘境叫香尘；舌根所触及的尘境叫味尘；身根所触及的尘境叫触尘；意根所触及的尘境叫法尘。一般说尘世，就是这六尘构成的世界。身为人或其他动物，所知道的世界无非就是这六种感官所能感知的世界。想一想，如果没有眼睛，没有鼻子……这个世界是怎样的。

十二因缘中的第七种因缘叫作受。接触就会产生感受，感受意味着有苦乐的分别。比如《俱舍论》里讲到八种声尘，每种声尘会引起不同的感受，听到恶言恶语，当然就不舒服；听到好言好语，当然就很开心；听到风雨雷鸣，会感到害怕；听到溪水流淌，会感到轻松。又比如，香尘有四种——妙香、恶香、平等香与不平等香，闻到妙香的味道，就喜欢；闻到恶香的味道，就厌恶。又比如，触尘有十一种：坚、湿、暖、动、滑、涩、重、轻、冷、饥、渴，每一种都会引起一种或舒服或不舒服的感觉。所以，受，其实就是一种分辨，分辨什么呢？分辨好、坏、美、丑、高、低、贵、贱等。

十二因缘中的第八种因缘叫作爱。因为有感受，有好坏的分别，就会有选择，选择什么呢？当然选择好的，舍弃坏的。在苦与乐之间，选择乐；在丑与美之间，选择美；在贫与富之间，选择富……有所选择，就是有了贪爱之心，有了贪婪的念头，有了追逐的念头。显然，这个爱不是仁爱的爱，不是慈爱的爱，是贪爱的爱，是偏爱的爱。

古人有诗："世界无边尘扰扰，众生无数业茫茫。爱河无底浪滔滔，是故我名无尽意。"佛教里把情绪分为喜、怒、哀、乐、爱、恶、欲七种，所谓喜，意思是凡是成就我所爱的，心中就生欢喜；所谓怒，意思是凡是夺了我所爱的，心中就生愤怒；所谓哀，意思是凡是失去我爱的，心中就生悲哀；所谓乐，意思是凡是得到我所爱的，心中就生快乐；所谓爱，意思是一切环境，凡是对我有利的，心中就生贪爱；所谓恶，意思是凡是违背我所爱的，心中就生厌恶；所谓欲，意思是凡是顺从我所爱的，心中就生贪欲。这个爱确实源于自我的执着：凡是对我好的，就爱；凡是对我不好的，就不爱。

十二因缘中的第九种因缘叫作取。因为有贪爱，就会有获取。贪爱一个女子，就想去追求她，就想得到她；贪爱一个职位，就想去追求它，就想得到它；凡是我们喜爱的东西，我们都想得到，都想拥有。这就是取。取的本义是拿，我们不断地向着外界拿取我们所喜爱的东西，不断地索取，以为拿得越多就越富有，越富有就越成功，越成功就越幸福。

十二因缘中的第十种因缘叫作有。有和无相对。有就是我们能够看见、能够知觉的形形色色。但这里的有不完全是这个意思，这里的有因着取而来，因为获取，就有了业。这个有，指的是现在造下的将来会结果的业。和前面十二因缘的"行"意思大致相同，不过一个是过去的影响着现在的业，一个是现在的影响着将来的业。

因为爱，因为取，我们就活在一个业力影响的世界，这个世界有着各种形形色色，有着悲欢离合，有着生生灭灭，但我们往往迷惑于有的形形色色，而觉知不到无的空空洞洞。

十二因缘中的第十一种因缘叫作生。因为现在的爱、取，造下了种种业，又孕育了新的生命，有了又一次生的旅程，有了新的身体、新的感觉，开启又一次的追逐、又一次的拥有。

十二因缘中的第十二种因缘叫作老死。新的生命孕育了之后，自然又是在世间奔波劳碌，一定会从年轻到衰老，一定会遇到病痛灾难，一定会死亡。这是一个轮回。

佛陀用十二因缘来解释神奇的生命现象。第一，佛陀认为生命的死亡不是终结，而是新的开始；生命不会终结，只会转换，转换成各种形式。所有的生命都有过去，都有现在，都有未来。过去决定着现在，现在决定着未来。第二，所有的生命都经历"识、名色、六入、触、受、爱、取、有"这八种形式，所有的生命都经历诞生，有分别的感觉，有贪爱的追求，拥有喜爱的，然后衰老死亡这样一个过程。在这个过程里，我们因为贪欲而不断求取，形成一种业力，不断地影响未来。第三，所有生命的过程，动力都在于"执着"，对各种概念、形色的执着。为什么会执着？是因为无明，因为妄念。妄念生起，人就会执着，一旦执着就会有生，有生就一定有灭。

这是十二因缘。为了更好地了解佛学的修行体系，我再简单给大家介绍一下五乘教法。什么是五乘教法？这个"乘"，就是交通工具的意思，引申为方法，所谓五乘教法，就是释迦牟尼佛的五种教育方法。第一种叫人乘，第二种叫天乘，第三种叫声闻乘，第四种叫缘觉乘（亦称独觉乘），第五种叫菩萨乘。这五种教育方法的目的，是要让我们的生命形态变得更好。

我们先看五乘教法中的第一种，人乘，就是教育你如何成为一个人。佛教有六道轮回的说法。这种人乘的教育，就是如何让你不堕入地狱道、饿鬼道、畜生道。那么，人怎样才能成为人呢？首先是三皈依，皈依佛陀，皈依佛法，皈依僧团；然后是遵循五戒，做到不杀生、不偷盗、不淫邪、不妄语、不饮酒。通过三皈依，以及五戒，我们可以不轮回到地狱道、畜生道、饿鬼道，可以一直在人的道路上前行。

第二种，天乘，就是教育你如何到达天道，比人更进了一步，但还是在六道里。天道里的生命形态摆脱了欲望的束缚，变得很清净、很自在，心想事成。如何到达天道呢？靠学习十善业——不杀生、不偷盗、不邪淫（身三业），不妄语、不两舌、不恶口、不绮语（口四业），不贪、不嗔、不邪见（意三业），还有学习禅定。

第三种，声闻乘，就是教育你如何摆脱六道轮回，进入觉悟状态。声闻乘，就是通过学习四谛，从而达到阿罗汉的境界，不再有烦恼。四谛是佛学的核心，也是佛教的基础，在下一章中我会就四谛和大家详细讨论。

第四种，缘觉乘，指的是通过学习十二因缘，达到辟支佛的境界。辟支佛被认为是在没有佛出现的时代，靠着领悟十二因缘而独自悟道的修行者。

第五种，菩萨乘，就是通过学习六度，获得最后的解脱，到达大涅槃的境界。

佛陀的教育方法，大概就是这么五种。这五种里，人乘和天乘，是世间法，讲的是我们一个人在世间应该学习什么，应该如何生活？声闻乘、缘觉乘、菩萨乘，讲的是出世间法，讲的是一个人要想出离这个世间，要成佛，应该如何修行。即使我们不想成佛，不想成为佛教徒，这种教育方法对我们的成长，也是有很大的启发的。

　　成长的过程其实就是一个不断学习的过程，一方面接受各种教育，另一方面进行自我教育。五乘的方法，是非常实用的自我教育。人乘的方法很简单，就是做到三皈依和五戒。对普通人来说，也可以这样解释三皈依：第一，我们的人生需要一个榜样、一个标杆，这个榜样和标杆也是我们人生的最高目标；第二，我们需要有一技之长，需要学习一种专门的知识；第三，我们需要一个让我们有归属感的社群或集体。五戒，其实是最基本的行为规范：不杀生，是不要去伤害其他生命；不偷盗，是对别人的东西没有任何贪念；不邪淫，是不受情欲的控制，对情欲有所节制；不妄语，是不说假话或违心的话；不饮酒，是为了不沉迷于任何东西或事物。如果我们做到了以上几点，基本上我们的人生也就没有大的麻烦了。

　　天乘，就又进一步了。它需要我们学习十善业和禅定，这更多的是需要自律。学习十善业和禅定，我们就能更好地控制自己的情绪。我们每天随着情绪的变化，都在六道轮回之中，当我们的人际关系陷入钩心斗角的时候，其实就是在地狱道；当我们愤怒的时候，就是在阿修罗道。遵循十善业和禅定的指引修行，可以让我们控制好自己的情绪。当一个人能够不受情绪的控制，他就会变得很自在，很强大。

到了第三步——声闻乘，这一步是教育你如何摆脱六道轮回，进入觉悟状态，主要通过学习四谛来实现。四谛揭示的是宇宙、人生的实相。通俗地说，就是我们对真相的认知。

到了第四步——缘觉乘，通过学习十二因缘，达到辟支佛的境界。通过这一步的学习，达成对自然规律的证悟。

到了第五步——菩萨乘，又回到了日常生活，六度是修行方法，更是实在的生活方式。

所以，五乘的教育，从理念上说，第一是强调日常性，我们学习不只是学习书本知识，还要在日常生活里学习，学习即生活，生活即修行；第二是强调目标性，人活着应该为着一个更高的目标，不断学习，不断修行，不断让自己的生命变得更好。

关于五乘教法，星云大师有一个比较有意思的解读，我们可以看一下。星云大师说，佛教的五乘显示了佛教是一个特别包容的宗教，把其他宗教也包含进去了。人乘，提倡人际的礼节和人伦的和谐，是儒家三纲五常中的理想。天乘，讲的是博爱和升天，包含了基督教的理想。而声闻乘、缘觉乘的返璞归真、清净无为、任性逍遥，包含了道家的理想。而最后一个菩萨乘，是佛教区别于其他宗教的一个特点，把出世间的涅槃作为最高理想。

但不管是佛教，还是其他宗教，不管它的理想是什么，起点都是人乘。好好做人，是一切的起点。所以，太虚大师才会说：人成即佛成。

踏上悉达多的旅行

《金刚经》讲什么？答案在这部经文的名称里了。最早翻译成汉语的《金刚经》是公元402年后秦鸠摩罗什翻译的，全名是《能断金刚般若波罗蜜经》(*Vajracchedikā-prajñā-pāramitā-sūtra*)，又称《金刚般若波罗蜜经》。

鸠摩罗什之后，相继出现过五个译本，其中一个是唐朝玄奘大师译的《能断金刚般若波罗蜜多经》。现在的通行译本为鸠摩罗什译的。我在本书中采用的译本，也是鸠摩罗什的译本。

Vajra（金刚）是闪电及钻石的梵文名称。闪电迅猛，能穿透一切；钻石最坚固，能破坏一切，而不为一切所破坏。所以金刚在这里有两重含义，一是很锋利，能够穿透一切；二是很坚硬，能够抵御一切。般若，又作波若、般罗若，勉强翻译为智慧。为什么说勉强呢？因为般若的意思和智慧不太一样，般若这种智慧，处理的不是人世间的事。人世间的智慧，只能叫聪明；佛教的智慧，指的是能够让自己清净下来，摆脱这个世界对自己的干扰。能够让自己"波罗蜜"，"波罗蜜"不是水果，而是"到彼岸"的梵语音译词，有出离世间的意思。我们把这些词结合起来看，《金刚经》讲的是什么呢？

《金刚经》讲的，就是当各种烦恼来了，各种现象来了，你的心像金刚那样不受任何影响、动摇；当各种现象来了，各种烦恼来了，你的心像金刚那样一下子就能穿透表象，看到实相。用一句话来总结，《金刚经》讲的就是如何到达彼岸的大智慧。

金刚在这里只是个形容词，关键是般若波罗蜜，波罗蜜是目的，般若是方法。目的是到彼岸，彼岸在哪里呢？是在另外一个星球上，还是在银河系之外呢？佛教的奇妙在于，并不认为有一个外在于我们的彼岸。此岸就是彼岸。也就是说，我们可以通过转化，把世间这个此岸转化成彼岸。

六祖慧能对"波罗蜜"有一个精彩的解释："何名'波罗蜜'？此是西国语，唐言到彼岸，解义离生灭。著境生灭起，如水有波浪，即名为此岸。离境无生灭，如水常通流，即名为彼岸。"大意是，梵语"波罗蜜"翻译过来就是"到彼岸"，真正的意思是无生无灭，超越了缘起缘灭，就好像一条河流，有风浪的时候就是在此岸，平静下来，静水流深，就是在彼岸。具体到个人，有情绪的时候，就是在此岸；没有了情绪的困扰，平静喜悦，就是在彼岸了。所以说，此岸即彼岸，烦恼即菩提。并不是另外有一个什么东西，你要去追求，你需要的只是还原。还原你本来的样子。

那么，怎样才能够到达彼岸呢？要靠般若。般若被认为是最高级的佛学修行方法。佛学的修行，一般分为戒、定、慧三学，具体的修行又可以细分为八正道，以及六度。八正道更多地为小乘佛教所提倡，而六度是大乘佛教基本的修行方法。

六度，就是六种积累功德寻求解脱的修行方法。第一种修行方法是布施。布施，简单地说，就是以慈悲心牺牲自己的利益去帮助别人。达摩在解释为什么要修行"布施"时说："但为去垢，称化众生，而不取相。"大意是修行布施能够去除我们内心污垢，又能帮助有情众生。最后一句"而不取相"非常重要，大意是在布施的时候并不觉得自己在布施，没有施者与被施者的区别。

布施有财布施、法布施、无畏布施。财布施，就是把自己的财物给予需要帮助的人。法布施，就是传播佛法。无畏布施，就是给人勇气，给人积极生活的力量。

显而易见，布施这种行为首先把注意力从我们身上转移到了别人身上。我们一辈子几乎都被"我要"这样一种意欲推动着向前，我们看到的、关注的只有自己。甚至在日常的交往里，我们都很少安静地做一个聆听者，听听别人的悲欢。当我们布施的时候，我们学习着把注意力放到别人身上。

有一个印度贵妇要捐一笔数额不小的资金给特蕾莎修女，特蕾莎修女没有接受，而是建议她每次在买衣服的时候少买一件，把省下来的钱捐出来。那个贵妇听从了特蕾莎修女的建议，果真每次在买衣服的时候少买一件，把钱省下来捐出去。每一次，都是一次克服，克服对一件衣服的渴望。渐渐地，在对欲望的控制里，在行善的过程里，一种喜乐像空气一样弥漫开来，成为生活的气息。

布施，确实是一个不断舍弃的过程，但更确切地说，布施是一个不断向外释放你的善意的过程。有一个人问佛陀："我为什么做什么事都做不成功呢？"佛陀说："那是因为你没有学会给予别人。"那个人回答："我很穷，哪有什么东西可以给予别人呢？"佛陀回答："并不是这样的。一个人即使没有钱，也可以给予别人微笑，给予别人善意，给予别人鼓励。这些也是布施，每一个人都可以做到。"

第二种修行方法是持戒。持戒，简单地说，就是"诸恶莫作，众善奉行"，坏事一概不能做，好事一定要多多做。什么是好事，什么是坏事呢？佛教里有"十善业"：第一不杀生，第二不偷盗，第三不邪淫，第四不妄语，第五不两舌，第六不恶口，第七不绮语，第八不贪欲，第九不嗔恚、第十不邪见。相反，就是十恶业。佛教通过"十善业""十恶业"确定了善恶的基本原则。

"十善业""十恶业"中的第一到第三属于"身"的范畴，第四到第七属于"口"的范畴，第八到第十属于"意"的范畴。戒的意义在于让身口意清净。有清净的身口意，就有清净的现实。戒让自己有所不为，有所不为就不会出现恶缘；戒让自己有所作为，有所作为就会涌现善缘。在佛教的修行里，戒是一个基础。如果没有戒，其他的修行就无从谈起。所以，佛陀会说："以戒为师。"

关于戒的修行，只是针对自己。佛陀早年经常告诫弟子，只管自己修行，不要去议论别人是不是守戒，不要去指责别人守戒的程度不够。只管自己严守戒律。当我们自己严守戒律时，现实就会在我们不知不觉中发生深刻的改变。哪怕是严守一个小小的戒律，也会带来意想不到的巨大的变化。

第三种修行方法是忍辱。关于忍辱，先讲两个人发生的事，第一个是佛陀，佛陀在《金刚经》里说："须菩提，忍辱波罗蜜，如来说非忍辱波罗蜜，是名忍辱波罗蜜。何以故？如我昔为歌利王割截身体，我于尔时，无我相、无人相、无众生相、无寿者相。何以故？我于往昔节节支解时，若有我相、人相、众生相、寿者相，应生嗔恨。"简单翻译一下：佛陀说，我在过去某一世遭受歌利王肢解的时候，假如还有分别心，还有对自我、对存在的一切的执着，就会心生嗔恨。因为没有了分别心，没有了对自我、对存在的一切的执着，内心会一片清净，所以，佛陀被肢解的时候只是在被肢解，能很平静地看着身体被肢解。佛陀在这里讲的是忍辱的最高境界，就是当我们完全忘掉了自我，超越了我、人、众生、时间，融入无限的虚无，即使面临最可怕的恶意，我们也不会恐惧，也不会受到伤害。这个境界太高了，我们平常人好像很难理解。

那么，再给大家讲一件凡间发生的事。虚云大师是中国近代的高僧，对现代中国佛教的复兴有伟大贡献。禅宗的祖庭南华寺就是在他的努力下重新修复的。1950年他从香港返回广东韶关，1951年，因有人怀疑云门寺藏有国民党特务与武器，云门寺被围困搜查，大师已至111岁的高龄，受到侮辱、拘禁，却毫无怨恨，只对弟子歉疚，老人业重，连累各位。还自成一联感叹这件事："坐阅五帝四朝，不觉沧桑几度；受尽九磨十难，了知世事无常。"这是我们凡间一个有修为的高僧表现出来的忍辱。

忍辱是梵语 Ksānti 翻译而来的，音译为"羼提"，意译为安心忍辱，意思是于任何违逆之境，皆能安然处之，内心没有嗔恚、怨恨。忍辱在大的分类上有三种，耐怨害忍（生忍）、安受苦忍（法忍）、谛察法忍（无生法忍）三种。耐怨害忍是忍受他人的侮辱恼害；安受苦忍是面对疾病、寒热、饥渴等种种苦事而能忍受，内心不动；谛察法忍是指证悟了诸法不生不灭之真理，心无妄动，而安住于不生不灭的法理。《金刚经》说："一切法无我，得成于忍。"这个忍，就是无生法忍。

忍辱的核心，就在于面对外境引发的各种困扰、烦恼，能够回到内心，用智慧去化解。忍辱的重点不是"忍"，而是当"辱"来临的时候，不生"嗔恨心"。如果别人辱骂我的时候，我忍住了，没有回骂，也没有动手去打，但是心中充满愤怒，诅咒那个人下地狱，那么，这不是忍辱，而是忍气吞声。

关于忍辱，很容易引起两个误解。第一个误解是认为忍辱是懦弱，是逃避。但实际上，前面佛陀面对歌利王的杀戮，以及虚云大师面对凌辱，表现出来的绝对不是懦弱，不是逃避，而是把生死都置之度外的大无畏。

第二个误解是认为忍辱是对坏人的姑息。佛教里讲"止恶"也是行善。历代高僧，面对邪恶表现出的勇气，在历史上比比皆是。忍辱绝对不是纵容恶行，助纣为虐。

有一位法师说得好："真正的忍辱，其核心不是在逆境中的低姿态，而是心中明晰的智慧力：对业果的信心、对宗旨的坚定和对烦恼的观照。忍辱是为了降伏自己的烦恼，并不是最终目的。在内心不起烦恼的基础之上，我们才能真正用善去自利、利他。做一个善良的人，不等于简单的忍让，还有许许多多善法要去学习，还有许许多多福德智慧要去培养。自他的烦恼，都是我们要调伏的对象，先自调伏，再帮助他人。真正的忍辱并不是软弱无能的代名词，而是有力量、有智慧的象征，真正的忍辱是超越表面的逆境，升华内心的悲智，如烈火出真金。"

第四种修行方法是精进。精，是纯粹的意思；进，是不懈怠，不停地进取。精进，意味着向上的力量、向善的力量，它的反面就是放逸、懈怠、堕落。佛教的因果说，设定了人处于一种中间状态，可以透过自己的业力向上，也可以透过自己的业力向下。

基督教里也有类似的说法。据说，上帝对人类先祖亚当说："听着，亚当！在造物的过程里，我不准备给你任何特权，也不准备为你指定任何位置。其他生灵必须按照我为它们设计的法则行事，但你可以运用你的自由意志，寻找和塑造自己的命运。你可以上升到最高的等级，与天使和有神性的事物平起平坐，也可以堕落到下界，和动物为伍。"所以，人类需要修行，修行需要精进。

第五种修行方法是禅定。禅来自梵文 dhyāna 的音译"禅那"，简称"禅"，意为"静虑"，在安静的心境下思考；定是梵文 samādhi（音译"三昧"）的意译，意为专注于一境而不散乱。禅，指的是对某个事物进行深入的思考；定，指的是经过思虑之后心灵达到的纯粹状态。禅定，是一种专注而宁静的精神状态，是心的一种状态。禅定不是佛法特有的，在印度，佛教之外，其他教派也都讲禅定；在中国，道家和儒家也讲禅定。禅定是一种让心安静下来的修行方法。佛学里的禅定，强调观照、智慧，强调对无常、无我观、缘起、空的观照，在观照的过程里培育智慧的种子。一般而言，佛教里的禅定，讲的是止观双修（亦称定慧双修）。止，梵文 samatha（音译为"奢摩他"）的意译，亦译为"止寂"或"禅定"等，意思是将心专注在某个对象上。将心专注在一个对象上，让心安定下来，而完全忽略其他的对象，就叫"止"。这个专注的对象可以是一幅风景画面，可以是一句话，也可以是某一种想象。观，就是观察的观，观照的观，可作智慧理解。

观的目的是觉醒。在禅修上，有内观的方法，观照所攀缘的各种境界，保持觉知。禅定在具体修行上重视呼吸的方式。

在六度里，禅定有枢纽的作用，是在前面四度基础之上的提升，又是后面一度般若的前提。《大智度论》有一个比喻，就是说一盏灯在大风里很容易熄灭，无法用于照明，如果把灯放在静室里并把门关上，灯散发的光亮就能把整间静室照亮。禅定就像一间静室，保证我们的修行功夫不会散失，保证我们心中的般若智慧不会散失。《大智度论》又说我们的心念像鸿毛胡乱飘荡，又像猕猴跳来跳去，时时刻刻在散乱之中，需要禅定让心安定下来。

第六种修行方法是般若。佛经有云"五度如盲，般若如导"，意思是任何修行都不能离开般若的指引，般若是六度的根本。从修行的次序上，把般若分为文字般若、观照般若、实相般若三种。

文字般若，指的是我们从佛经，或者其他的佛学文献里获得智慧，或者假借文字语言来启发大众，使他们理解佛法。

观照般若，《心经》一开始就提出"观自在菩萨"，这里的"观"就是观照，它既不是用肉眼观看，更不是胸内肉团心的作用；既不是大脑神经的功能，也不是用第六意识去分别观想，而是无形无相之性的作用。

实相般若，就是证悟到了宇宙的实相，就是《心经》里说的："是诸法空相，不生不灭，不垢不净，不增不减。"

一般修行佛法，一开始通过读书、听讲座之类，从语言文字上去理解佛法，然后进入实际的观照阶段，透过对现象的观察而领悟佛法，最后进入一种真如境界。文字般若属于闻，观照般若属于思，实相般若属于修。三种般若，以观照为中心。观照是因，实相是果，文字则为初心的方便。如无观照的力行，则文字自然成了戏论，实相亦空有其名，难以达到究竟佛果。

《六祖坛经》："何名般若？般若者，唐言智慧也。一切时中，念念不愚，常行智慧，即名般若行。一念愚即般若绝；一念智即般若生。世人愚迷，不见般若。口说般若，心中常愚，常自言我修般若，念念说空，不识真空。般若无形相，智慧性即是。"大意是般若即智慧，每时每刻每个念头都摆脱了愚痴，充满洞见，就叫般若行。只要一念陷于愚痴，般若就消失了；只要一念透着智慧，般若就产生了。世人愚昧痴迷，无法亲见般若，嘴上说着般若，心中却常有愚痴的念头，还常说什么我要修般若，嘴上常常说空道空，却从来不识真如空性。般若并无任何相状，智慧生发了就是般若。

总的来说。般若即智慧，但不是我们理解的智慧，而是出世间的智慧。什么是出世间的智慧呢？佛陀禅定之后进入第一禅、第二禅、第三禅、第四禅，然后就进入了"三智"。这个"三智"就是般若，就是出世间的智慧，就是彻底摆脱烦恼的智慧。第一智，就是"忆宿命智"，也叫宿命通，看清了生命的轮回奥秘；第二智，就是"有情生灭智"，又称天眼通，看清了生命的业报奥秘；第三智"漏尽智"，也叫漏尽通，漏是漏泄的意思，有东西漏泄出来，就有烦恼，所以，有漏，就是烦恼、不清净。无漏，就是平静、清净。第三智看清了生命烦恼的奥秘，人不再烦恼，即得大解脱。

六度是大乘佛教的修行方法。对我们普通人来说，在如何解决我们和现实的关系上，六度具有很强的实践性。我们个人成长的过程中，总会有一些愿望或目标和现实发生冲突，就是所谓理想和现实的矛盾。我们要么适应现实，要么反抗现实。但六度为我们提供了另一种思路。这种思路首先让我们从"改变现实"的妄念里跳出来，转向自己。很显然，六度虽为成佛的修行方法，却并不深奥，更不玄虚。从普通人的立场看，六度不过是一些很实在的生活态度，以及生活方式。在佛陀看来，正是这些貌似平常的态度和方法，如果我们坚持不懈地践行，就会从根本上扭转我们生命轮回的方向，改变我们所处的现实。

最后，我们一定会发现，现实并非一个外在于我们自己的外部之物，而是内在于我们自己的投射物。每个人的现实，不过是每个人心念、行为、情感等的综合投射而成。当我们习惯性地以为现实是一种外部力量的时候，我们总是陷入要去和现实抗衡的冲动，然后，我们很多人就在改变现实的道路上被现实改变了。而那些一心改变自己的人，却真正地改变了现实。

布施和忍辱，从两个相反的方向扭转自我与他人之间的关系。我们从出生到死亡，从小到大，学习的都是怎样为自己争取到更多，怎样保有自己已经占有的。所以，我们绝大多数人热衷于学习成功学。成功学的核心就是如何去获得，如何去保有，或者让那已有的生产出更多。从小到大，我们的着眼点都是如何让别人满足自己的愿望，都是寄望于能够改变别人。

但是，佛陀说我们要学习布施，学习着把自己已有的东西给予别人。佛陀说的布施，并不完全是慈善，更不是富人对于穷人的施舍，而是每个人随时都可以做的一种行为，一种举手之劳，但这种小小的举手之劳会改变我们生活的质地。

布施是自己主动向外界释放善意，而忍辱是自己主动消解来自外界的恶意。布施改变了我们习惯于向外求取的路向，不再一味地"我要、我要"，而是变为"我给、我给"，不再求取，而是给予。忍辱改变了我们习惯于回击外界敌意的路向，不再以敌意回击敌意，而是以慈悲回应敌意；不再以愤怒回击敌意，而是以平静回应敌意。

持戒和精进，是把注意力转向自我的约束。或者说，雕刻自己。我们自己很容易跟着欲望而行，持戒改变了我们跟随欲望而行的惯性；我们自己很容易跟着惰性而退，精进改变了我们跟随惰性而退的惯性。

禅定和般若，又进一步上升到心性层面。禅定把我们从乱纷纷的现实里带出来，安住在一片宁静、清明之中。般若把我们从乱纷纷的成见里带出来，看穿自己，也看穿这个世界，直到看穿宇宙。既然看穿了，也就没有什么需要穿的了，空无一物，来去自由。哪有什么现实的羁绊呢？

回到《金刚经》，《金刚经》讲的是什么呢？最简单地说，就是告诉我们怎样从六度的修行方法出发，彻底摆脱烦恼，获得彻底的解脱。

修心法则 1
把问题还原为发心

《金刚经》讲的就是金刚般若波罗蜜，像金刚一样锋利又坚硬的到达彼岸的般若智慧。也就是说，般若智慧是《金刚经》的核心。既然像金刚一样锋利而又坚硬的般若智慧，可以让我们彻底觉悟，那么，如何获得般若智慧呢？这是佛法修行最重要的问题，也是《金刚经》关注的焦点，但《金刚经》的奥妙，在于把这个问题变成了一种发心，这是我们要特别注意的一个点。如果我们理解了发心的重要性，在处理一切问题之前先有所发心，很多人生的问题就会迎刃而解。我们来看经文，看看须菩提是如何把"如何获得般若智慧"转变成一个关于发心的问题。

　　　　时，长老须菩提，在大众中，即从座起，偏袒右肩，右膝著地，合掌恭敬，而白佛言："希有，世尊，如来善护念诸菩萨，善咐嘱诸菩萨。世尊，善男子、善女人，发阿耨多罗三藐三菩提心，云何应住？云何降伏其心？"

这一段经文的大意是：这时，弟子里一位叫须菩提的长者，从自己的座位上站起来，袒露着右肩，右膝跪在地上，双手合十，恭恭敬敬地对佛陀说："太难得了，世尊，您老人家一向慈悲为怀，总是看顾好自己的念头而让各位菩萨懂得看顾好自己的念头，又总是清净自己的言语而让各位菩萨也懂得清净自己的言语。现在，有向善的男子和向善的女子发愿追求无上正等正觉，想要成就最高的佛道之心，请问世尊，他们如何才能保持菩提心常住不退呢？他们应当怎样去降伏他们心中的妄念呢？"

关键词是"阿耨多罗三藐三菩提"，这个词在《金刚经》里出现了29次，假如不明白这个词的含义，就不可能领悟《金刚经》所讲的修行方法。这个词是梵文的音译。阿是无，耨多罗，就是上，上下的上。阿耨多罗，就是无上。三藐为正，八正道的正，有整体、全面、正向的意思。三为遍及，无处不在。菩提，就是梵文 bodhi 的音译，意译为"觉""智""道"等。"阿耨多罗三藐三菩提"合起来翻译就是，无上正等正觉。发无上正等正觉心，就是发菩提心。

须菩提这个提问，包含了以下三个层面的意思，第一，如何获得般若智慧？在须菩提这里，转化成了："世尊，善男子、善女人，发阿耨多罗三藐三菩提心，云何应住？云何降伏其心？"变成了如何发心？如何获得般若智慧？给人的方向，是向外求的，好像有一种什么方法、诀窍，可以让我们获得般若智慧。但如何发心，是回到自己的心，在自己心田上发愿，从自己内心深处发出渴望，要去做这件事。第二，这个提问里，把心分成了两种，一是阿耨多罗三藐三菩提心，需要去安住；二是妄心，需要去降服，去驾驭。第三，发阿耨多罗三藐三菩提心，是最初的，也是最终的驱动力，是一切信心的源泉。

发阿耨多罗三藐三菩提心，简称菩提心，就是发愿自己一定要成佛，一定要从烦恼中解脱出来，一定要从生死轮回中解脱出来，一定要度化众生。《华严经》上说，"菩提心者，犹如种子，能生一切诸佛法故""菩提心者，犹如虚空，诸妙功德广无边故""菩提心者，犹如莲华，不染一切世间法故""菩提心者，则为净水，洗濯一切烦恼垢故"。意思是，菩提心可以生长出让你觉悟的各种方法，所以，它像种子；菩提心有着无边的功德，所以，它像虚空；菩提心不会受到世间各种现象的污染，所以，它像莲花；菩提心可以洗濯一切的烦恼，所以，它是清净的水。一句话,菩提心,就是让我们的心成为一种觉性,这种觉性可以照亮一切,也可以超越一切,一旦有了这种觉性,你就可以听从内心的声音。这就是为什么须菩提要问"发阿耨多罗三藐三菩提,云何应住?云何降伏其心?"这是一个佛学修行中最终极的问题,甚至可以说,是元问题。就是这个问题解决了,其他问题就会跟着解决。反过来,这个问题不解决,无论用什么方法修行,人都不会彻底觉悟。即使从人生哲学的角度看,这个问题也是一个终极问题,为什么呢?因为这个问题通俗地表达,就是如何让心彻底觉悟?在佛陀看来,只要心彻底觉悟了,人生的问题就都不是问题了。

所以,越是在忙碌奔波当中,我们越要让自己从繁杂的事务中停顿下来,回到自己的心,让自己的心安静下来;越要发愿让自己的心变得清净,充满觉性,显现菩提心。为什么呢?我讲两个故事,大家可以从故事中感悟。

第一个故事来自原始佛经。

佛陀有一次经过克沙仆塔村,那里住着迦罗族,他们正在经历一种社会变化,大家都很迷茫和苦闷。每一次有苦行僧或婆罗门教的教士经过,他们都会去寻求思想上的启蒙。但这些苦行僧和教士,都会宣讲自己的法多么厉害,多么有道理,而别人的法多么糟糕。听得越多,困惑越多。

当他们询问佛陀的时候，佛陀却显现了完全不同的风格。佛陀首先很谦虚，说自己没有办法给他们答案。然后，又进一步指出迦罗族人的问题所在，即他们迷信权威，总想从别人那儿得到一个答案。然后，佛陀告诉他们安静下来，观照自己的内心，就会发现答案早在那儿了。

迦罗族人不相信，佛陀就问他们："平时我们生活中会不会总是想得到更多？有了这个，还要那个？没完没了。"迦罗族人想了一下，觉得确实如此。佛陀又问："当我们想得到更多，而现实满足不了我们，会怎么样？"迦罗族人又想了一下，回答："会不高兴，还会愤怒，觉得这个世界和自己过不去。"佛陀又问："我们在发火的时候，或者不高兴的时候，会不会看不到愉快的东西？会不会对周围的事物看得不太清楚？"迦罗族人想了一下，说："真的是这样。"佛陀就说："其实你们已经知道贪、嗔、痴的影响了，已经知道应该怎么做了。就是不贪、不嗔、不痴。这是根本的答案。"佛陀的意思很清楚，对每一个人而言，不需要遵循标准的答案，只需要遵循你内心的声音就可以了。但前提是，你内心是清净的，没有贪、嗔、痴的干扰。那么，怎样才能做到内心不贪、不嗔、不痴呢？答案就在须菩提的问题里：发阿耨多罗三藐三菩提心。这是第一个故事。

第二个故事，是关于王阳明的。王阳明晚年身居越地，当地的郡守南大吉邀王阳明讲学，并自称是他的弟子。有一次南大吉在与王阳明论学时问他："我做官处理政务犯过不少错误，您为什么从来没有提醒过我呢？"王阳明就问："你犯过什么错呢？"南大吉就把自己的错误一一列举了出来。王阳明听完，就说："这些我都提醒过你啊。"南大吉很吃惊，说："老师您可能记错了，这些您真的没有提醒过我。"王阳明就问："如果我没有提醒过，那你是怎么知道自己犯了错呢？"南大吉回答："都是我的良知告诉我的。"王阳明就说："我不是经常在讲良知吗？"南大吉听了会心一笑。过了一段时间，南大吉觉得自己又犯了很多错误，他对王阳明说："与其等我犯了错误再悔改，不如老师您见我要犯错就提醒一下。"王阳明回答："自我反省的效果，远远好于别人的劝告。"南大吉觉得很有道理。又过了一段时间，南大吉发现自己有更多的错误，问王阳明："做错了事，改正还比较容易，但心里出现错误，不知道怎么去改正呢？"王阳明开导他："心就像镜子，在没有打磨和清洗的时候，容易沾惹灰尘。要是心的镜子已被打磨得光滑明亮，就算飘来一粒尘埃，在光洁的镜面上也很难粘住。这是成圣的关键，你要继续努力。"王阳明的理念显然和佛陀是一致的，你要遵循的是你内心的声音，但前提是，你的内心是清净的，没有灰尘的，有良知的。这个时候，你跟随着你的内心，跟随着你内在的直觉，就会走到自己应该去的地方，就会做自己应该做的事。

发阿耨多罗三藐三菩提心，其实是一下子站在一个制高点上，可以看到全局，知道自己最终的目的地在哪里。尤其是回到自己内心，一切变得可控，不是跟着这个世界奔波，而是随着自己内心的旋律生活。在处理问题之前，先有一个发心，问题处理起来就会变得容易，变得顺其自然。

王阳明的《传习录》里还有一个故事，有助于大家理解发心的重要性。

有一个叫周莹的人，跟着一个叫应元忠的老师学习，这个应老师很崇拜王阳明，就叫周莹去找王阳明请教。于是，周莹就费了很大的周折找到王阳明。王阳明就问他："应先生都教过你什么呢？"周莹回答："也没有教什么，只是每天教我向圣贤学习，不可溺于流俗罢了。应先生还说，他曾就这些道理请教过阳明先生，如果我不信，不妨亲自找您求证。所以我才千里迢迢来找您。"王阳明就问："那这样说来，你是信不过应先生的话了。"周莹连忙说："信得过。"王阳明说："那又何必跑来找我。"周莹答：

"那是因为，应先生只教了我该学什么，却没有教我该怎么学。"王阳明说："其实你知道怎么学，不需要我来教。"周莹很迷惑，说："我不太明白您说的意思。"王阳明就问："你从永康来这里走了多少路？"周莹回答："足足千里之遥。"王阳明又说："是乘船来的吗？"周莹回答："先乘船，后来又走陆路。"王阳明说："真是很辛苦，尤其现在六月一定很热吧。"周莹回答："是很热。"王阳明又问："一路准备盘缠了吗？有童仆跟随吗？"周莹回答："这些都有准备，只是童仆半路病倒了，我只好把盘缠给了他，自己又借钱走了下一段路。"王阳明又问："这一路既然那么辛苦，为什么不半途而返呢？反正也没有人强迫你。"周莹就说："我是真心来向您求学的，旅途中的艰辛对我而言是乐趣，怎么会半途而返呢？"王阳明就说："你看我就说你已经知道该怎么学习了。你立志来向我学习，结果就到了我门下，而这一路从水路到陆路，又安置童仆，筹备盘缠，忍受酷暑，这一切你又是如何学来的呢？同样的道理，只要你有志于圣贤之学，自然就会成为圣贤，难道还需要别人来教你具体的方法吗？"

王阳明这里讲的是立志的重要性，但往深里看，这个事情本身显现的是这样一个法则，你必须先有一种统摄性的来自心的力量，这种力量会带你去到你应该去的地方，也会带着你解决遇到的各种问题。

王阳明和周莹的故事，让我想起原始佛经里的另一个故事。说是佛陀曾经到一个村庄里去弘法。那个村庄就在一条大河的边上，有五百户人家。很多人不相信佛陀所讲的。佛陀并不刻意说服，只是平静地离开了。有一个叫萨哩普达的人，在佛陀离开后，回想佛陀的言论，产生了一种渴望，希望自己能够成为佛陀的弟子，成为一个觉悟的人。于是，他来到河边，自言自语地说："我要到佛陀那里去，河水阻挡不了我。"结果，他走在水面上，就像走在大路上。到河中间的时候，浪花很高，他有点胆怯。一旦有胆怯的念头，身子就隐隐开始下沉。他马上把心念集中在对佛陀的信心上，就又感到脚下是平坦的大路，很快就到了河的对面。

村里人问他是怎么做到的，他说："我一直处于无明之中，直到听到佛陀的声音。我因为急于听到解脱的声音，所以，越过了河流。在波涛汹涌的水面上行走，因为我心中对佛陀充满信心。是信心，而非别的什么，让我过了河。"

佛陀听说后感慨："萨哩普达，你讲得太好了。仅仅信心就足以把人类从裂开豁口的陷窟中拯救出来，使人们能够走到彼岸而不湿鞋。只要抛掉一切的枷锁，就能够越过世俗之河，摆脱生死的束缚。"

仅仅信心就能把人类从裂开豁口的陷窟中拯救出来，那么，发阿耨多罗三藐三菩提心，就能够把人类从生死轮回中彻底解脱出来。而每一次的发心，都是内心的洗涤，也是回到内在的声音。须菩提的提问，本身包含了《金刚经》的第一条修心法则：把问题还原为发心。把问题还原为发心，意味着我们要找到关键的问题，在因果链条里，从因上去找问题，从源头上去找问题，也就是要找到终极性的问题。把问题还原为发心，意味着任何时候，不管遇到什么问题，先有所发心，由内而外去解决问题，一切都会变得顺畅。

修心法则 2
把个体还原为系统

前面讲到须菩提向佛陀提出了一个问题:"善男子、善女人,发阿耨多罗三藐三菩提心,云何应住?云何降伏其心?"

整部《金刚经》,都是佛陀对这个问题的回答。有意思的是,在佛陀第一次回答完这个问题之后,须菩提又重复了这个问题,佛陀又很认真地回答了一次。所以,《金刚经》具有很强的戏剧性,整部经书描写的场景很像一出舞台剧。结构非常简单,分前后两部分。前一部分是释迦牟尼佛回答须菩提的提问,后一部分是释迦牟尼佛再次回答须菩提的提问。可以说,《金刚经》就是佛陀对同一个问题的两次回答。佛陀通过对这个问题的两次回答构建了《金刚经》的修行体系。

当须菩提站起来,第一次提出这个问题,佛陀是这样回答的:

> 诸菩萨摩诃萨应如是降伏其心：所有一切众生之类，若卵生，若胎生，若湿生，若化生；若有色，若无色；若有想，若无想，若非有想非无想，我皆令入无余涅槃而灭度之。如是灭度无量无数无边众生，实无众生得灭度者。何以故？须菩提，若菩萨有我相、人相、众生相、寿者相，即非菩萨。

大概的意思是，佛陀告诉须菩提：各位大菩萨应当这样去降伏迷妄的心：无论是依卵壳而出生的众生，还是由母胎而出生的众生；无论是因潮湿而出生的众生，还是无所依托而仅借其业力得以出现的众生；无论是欲界与色界中有物质形体的众生，还是无色界中没有物质形体的众生；无论是有心识活动的众生，还是没有心识活动的众生，以及说不上有无心识活动的各类众生，我都要让他们达到脱离生死轮回的涅槃境界，使他们得到彻底的度化。虽然像这样度化了无数的众生，但是实质上，并没有多少众生得到度化。为什么呢？须菩提，如果菩萨的心中有了自我的相状、他人的相状、众生的相状以及因时间意识而形成的生命相状，那么，他就不能称为菩萨了。

这一段，是释迦牟尼佛第一次对须菩提出问题的回答，非常重要，几乎是整部《金刚经》修行法则的一个总纲，值得我们反复研读，领会其中的思维方式，以及文字之外的意思。这一段回答，从文字看，有三个点，特别值得我们注意。第一，当须菩提问"善男子、善女人，发阿耨多罗三藐三菩提心，云何应住？云何降伏其心？"佛陀说，应该这样去降伏自己的心，就是去度化一切众生，让他们觉悟，达到涅槃。第二，这样度化了众生之后，实际上并没有众生得到度化。第三，为什么并没有众生得到度化？因为真正觉悟的人，完全超越了我相、人相、众生相。

这个回答的思路，一般人会觉得奇怪，不太好理解。就好像我去问佛陀："我怎么样才能赚到钱？"佛陀回答："你要让一切和你有关系的人，不管是谁，要让他们都赚到钱，他们都赚到钱之后，其实并没有赚到什么钱。因为你的觉知会告诉你，钱不过是一个虚幻的东西。"再比如我问佛陀："我怎么样才能得到爱情？"佛陀回答："你要让一切和你有关系的人，不管是谁，要让他们都得到完美的爱情，但他们都得到完美的爱情之后，其实并没有完美的爱情可以得到。因为你的觉知会告诉你，爱情不过是一个虚幻的东西。"

好像回答了，又好像没有回答。但如果我们对前面讲的因缘法则有所了解的话，就会隐隐地捕捉到一些亮点。

当自己有所求的时候，为什么要把这种求转化为帮助别人呢？因为因缘法则告诉我们，没有孤立的个体，任何问题的解决不是靠自己欲望的指引，而是靠系统的调整。把个体的"我想要"，还原为系统的整体调节。有过商业经验的人都会知道一个常识，就是当我想要卖东西的时候，如果我把焦点放在自己身上，不停地念叨"我的产品很好""我要卖给别人"，就会很紧张，而且很焦虑。如果换一种思路，把焦点放在用户身上，思考"怎么用我的产品去帮助用户"，那么，根据别人的需要而去努力，紧张感、焦虑感就会消失。这是简单的常识，在成就别人的过程里，才能成就自己。

从佛陀这一段回答，首先可以得出一个修心法则：把个体还原为系统。你不是孤立的，你是一个系统。所以，佛陀一开头就说："所有一切众生之类，若卵生，若胎生，若湿生，若化生；若有色，若无色；若有想，若无想，若非有想非无想。"把个体纳入整个生命系统中去考虑。有卵生的，像鸡、鸭、鹅这些动物；有胎生的，像老虎、牛、羊这些动物；有湿生的，依靠湿气就能生长出来的生物，如蚊虫、蠓蚋等；有化生的，这类众生不需要父母外缘，凭自己的生存意欲与业力，就会忽然产生，如诸天和地狱的众生。这四种众生被称为有情众生。还有些众生已经脱离了情识，但还有物理形色，还有一些连形色都没有了，只有意识的存在。

佛陀这句话是对所有一切众生的描述，讲的是佛教的三界里九种生命形态。三界是佛教的宇宙观，讲的是整个存在的分布形态。讲三界之前，可以简单回顾一下我们的物理学知识，回顾一下科学对宇宙的解释。地球、太阳系、银河系等，是科学中关于宇宙的重要概念。传统的物理学认为存在着固定的时间和空间，但爱因斯坦的相对论颠覆了这种说法。爱因斯坦的重要发现是，当物体的速度达到一定程度，时间和空间都会变化。他另一个重要观点是，宇宙是没有边界、没有中心的。每一个点都是中心，也同时是边界。天体物理学引入了黑洞、虫洞等概念，乃至这几年有多重宇宙、平行宇宙的说法，科学对宇宙的理解越来越多元，越来越具有颠覆性。

佛教的三界，把宇宙分成三个区域。第一个区域叫欲界，欲界众生具有情欲、色欲、食欲、淫欲等各种强烈欲念。欲界有八大地狱、四大部洲、六欲天及六道等，一般的说法是，居住在欲界的众生，从下往上分为地狱道、饿鬼道、畜生道、人道、阿修罗道和天道，称为"六道"。地狱道、饿鬼道和畜生道称为三恶道；人道、阿修罗道和天道称为三善道。众生在六道中生死轮回。欲界有六欲天，分别为四大王天、忉利天、夜摩天、兜率天、乐变化天和他化自在天。要想升到三界的欲界天道中，就要持五戒，修十善，还要加上布施。

第二个区域叫色界，位于欲界之上，这里的生命已经没有了食欲和色欲，没有男女性别之分，都是化生而来，但还未脱离有物质的身体，此界的众生依各自修习禅定之力而分为四层，即初禅天、二禅天、三禅天和四禅天。色界共有十七层天，每高一层，福报就多一分。这十七层天分别是：梵众天、梵辅天、大梵天、少光天、无量光天、极光净天、少净天、无量净天、遍净天、无云天、福生天、广果天、无烦天、无热天、善现天、善见天、色究竟天。在这十七层天中，梵众天、梵辅天、大梵天合称初禅三天；少光天、无量光天、极光净天，为第二禅天；少净天、无量净天、遍净天为第三禅天；余下八天为第四禅天。

初禅天、第二禅天、第三禅天各有三天，第四禅天有八天，合计色界十七天。升到这十七层天上的人，都是具有禅定功行的人。要想升到三界的色界，就要修习四禅定，一个人禅定境界的高低，决定了他将来升到色界天层次的高低。

第三个区域叫无色界。无色的众生不但没有情欲、色欲、食欲、淫欲等，连物质的身体也没有了。超越了物质世界的束缚，得到的是自由状态，就是绝对灵性的存在。在无色界中，因修行的深浅而分为四种差别，也就是四重天，即空无边处天、识无边处天、无所有处天和非想非非想处天。要想升到三界的无色界，要修习四无色定，超越色界和无色界的修习是四禅八定。

三界总共有二十七天。那三界之外呢？是极乐世界。佛教的基本信念是要跳出三界。三界，像无色界，在我们常人看来，已经很了不起了，好像已经解脱了。但在佛陀看来，还是不够彻底，不够究竟，最彻底的是要无所从来，无所从去，不生不灭，用普通人的理解，就是要到极乐世界，才算真正解脱。

佛教的三界，有两点值得我们关注。第一点，佛教的时空观和现在的多重宇宙、次元空间有点类似，三界是平行但各自独立的空间，它们相互之间很难逾越。而对菩提心的修行，就是要逾越这种障碍。第二点，佛学和科学根本的区别在于，科学采用的手段是用仪器观测，用数理公式推算，寻找一种客观规律，但佛学更像是一种直觉的内观，更重要的是，佛教的三界，用以说明的，还是人的修行所能达到的效果，讲的是因果报应、业力。在这个意义上，佛学和科学还是有本质的差别。佛教讲宇宙，不是在讲一个外在于自己的空间，而是在讲和自己的心境息息相关的境界。用佛教的宇宙观来看，几乎可以说，一个人就是一个宇宙，一念就是一个宇宙。

　　了解了三界，回头再去读佛陀那一段回答，也许可以有更深的领会。佛陀为什么要把个体还原为整个生命系统？当须菩提问怎样才能保持菩提心常住不退？怎样降伏妄心？佛陀一开口就用了"所有一切众生"这样一个词组，强有力的，一下子就把我们从当下提升。借用泰戈尔"有限"和"无限"的思想来解释，就是一下子把我们从有限性上升到无限性。当佛陀说"所有一切众生"，他一下子看到的，不只是局部的、分别的存在，不只是眼前那一千多个弟子，不只是那个叫作祇园精舍的园子，不只是园子里那几棵树，而是一个整体，一个无限大的整体。

　　一般人以为，众生指的是没有觉悟的普通人。然而，佛陀所说的众生，显然不只是人类，也不只是生物界。按照他的界定，众生指的是一切有生命的存在，包括卵生的、胎生的、湿生的、化生的、有形质的、没有形质的、有心识活动的、没有心识活动的，以及说不上有无心识活动的。尝试闭上你的眼睛，根据佛陀的描述去想象一下众生的世界：人，黑种人、白种人、黄种人等；动物，猫、狗、虎、河马、兔子等；植物，花、草、树木等；天体，地球、太阳、月亮……你可以无限地排列，想象下去。

在这样的排列及观想之中，你会觉知到，你所生存的环境，不只是你的家、你的办公室，不只是你的小区，不只是你的城市，不只是你的国家，不只是你的种族，而是一种无垠的无限性。你在无数人之中，在无数植物之中，在无数动物之中，在无数知名或不知名的存在之中。

一种解放感会随你的觉知而来，你的眼睛和心灵会发现从前没有发现的事物。从前你只关注自己的孩子，为他的一切操心，现在你可能会留意邻居的孩子，乃至其他国家的孩子。有那么多的孩子在那么多不同的地方，以那么多不同的方式生活着，甚至你还会留意那些幼小的动物，比如鱼，比如鸟，它们都在自然界中生存着。从前你每天接送孩子上学放学，把这当成一件苦差，现在你会发现这一路上形形色色的事物。向着你敞开的是你之外的生命，是更广大的世界，是另一种生活。你在观看，在倾听。活着，是一种苦，但不是苦役；是一种体验，一种观照。体验，以及观照，会把我们带向一个广大的存在。

是的，你不是"神仙"，不是超人，只能在此时此地，然而，只要你的心灵不固执于眼前的事物，不固执于与利益相关的事物，而随时随地去觉知更广大的存在，去体会不可言说的无限的存在。那么，此时此地，心会把远方、无限带到你的眼前。那么，此时此地的一切，在无限的包围里显得多么微不足道。在那无限的世界里，有那么多美妙的细节、那么多生动的形姿，时时刻刻，处处与我们一起生存着。此时此地的烦恼或快乐，也都显得那么微不足道。

须菩提等人坐在佛陀周围。佛陀告诉他们，觉悟的人对一切都不应当执着，在布施的时候也不应该执着。如果在布施的时候并不觉得自己是在布施，那么，所获得的福德大到不可思量。接着，佛陀突然问须菩提："你可不可以想象一下东方的虚空有多么广阔？"须菩提听到这个问题，马上向着东方看去。也许他看到了其他的人，看到了柱子，最后看到了墙壁，然后，他的眼睛就看不到了。但是，眼睛看不到的地方并不是尽头。墙壁的外面有树林，穿过树林，是一条大路，大路一直通向大海，大海流到地平线，地平线再向东，是浩瀚的宇宙。

所以，须菩提回答："东方的虚空是不可想象、不可思量的。"

然后，佛陀又依次问了南方、北方、西方。须菩提在片刻之间进入禅定，向着南方、北方、西方看去，看到的是无限的广大。

所以，他回答："无论哪个方向的虚空，都是不可思量的。"

佛陀的提问,似乎只是比喻,而实际上佛陀通过提问给大家讲了一种修心的法门,这是一种随时随地可以修行的法门。在任何一个狭小的点上,我们都可以通过禅定越过无数的障碍,看到无限的空阔。当你在车站等车,当你一个人在家里的客厅,当你在办公室参加一个无聊的会议,当你在街上行走,当你……你都可以尝试着迅速安静下来,向着四面八方观看,用眼睛,用心灵,去感受无限绵延的空间,去想象与你同时存在的无限的事物。这种观看和观照,不仅开阔了我们的心胸,更引导我们觉知到:存在的真相并不只是我们眼前所见到的,我们的眼睛无法见到的,以及我们无法想象到的,在别处也真实地存在着。

人的身体只能处于狭小的空间。只能在厨房里,只能在办公室里,只能在教室里,只能在某个地方。大部分人在房间、汽车、商场等人造的空间里来来往往,在自己工作的机构和家庭之间来来往往。但是,就像梭罗说的:"谢天谢地,世界并不限于这里。"世界并不限于这里,在我们之外,有着广阔的天地。而且,我们不一定需要时间和金钱,才能离开束缚我们的圈子,去领略不限于此的更广大的世界。梭罗可能没有读过《金刚经》,但他的看法契合佛陀的见解：快把你的视线转向内心，你将发现你心中有一千个地区未曾发现。

这确实是一种简单而有效的方法，不论我们在什么地方，在做什么，都想一想梭罗的话，"世界并不限于这里"。都试一试佛陀引导须菩提观想每个方向的场景，最后止于空无。藏传佛教里的密宗，初步的修炼就是这样开始的，叫作"观十方虚空"。你在某个点，某个办公室，某条街上，你好像只能困在这个点上，但你只要稍稍抬起眼睛，就能看到周围的广大，不仅广大，而且充满虚空。所有的事物，其实都在虚空里。所有的点之外，是更广大的世界；所有的点本身，就是无限的世界。离开了这个点，你会走得更远；在这个点上，你会走得更深。所以，永远不必害怕，没有一个点能够把你困住，困住你的只是你自己的心。

修心法则 3
把困境还原为生长

上一章讲了《金刚经》的第二条修心法则：把个体还原为系统。这一章我要给大家讲第三条修心法则：把困境还原为生长。我们还是回到佛陀的第一次回答：

> 佛告须菩提："诸菩萨摩诃萨应如是降伏其心：所有一切众生之类，若卵生，若胎生，若湿生，若化生；若有色，若无色；若有想，若无想，若非有想非无想，我皆令入无余涅槃而灭度之。如是灭度无量无数无边众生，实无众生得灭度者。何以故？须菩提，若菩萨有我相、人相、众生相、寿者相，即非菩萨。"

这一段里有三个关键点，第一个关键点是"所有一切众生"，上一章已经讲了。第二个关键点，就是当须菩提问"善男子、善女人，发阿耨多罗三藐三菩提心，云何应住?云何降伏其心?"佛陀的回答是,你要去帮助一切的众生,让他们"入无余涅槃而灭度之"。为什么发菩提心,就要帮助众生达到无余涅槃?要回答这个问题,就必须要弄清楚什么是涅槃。第三个关键点,就是佛陀解释为什么度化了一切众生之后,其实并没有众生得到度化,是因为觉悟的人无"我相、人相、众生相、寿者相"。什么是我相、人相、众生相、寿者相?

我们先看什么是涅槃?汉语里也称其为圆寂。这是一个非常重要的佛学概念。关于这个概念,一般人很容易将其误解成死亡,或者简单地认为是死后升天了。这个概念来自梵语,大概的意思是不生不灭、无为、自在。后来佛陀把它转化为佛学概念,使它的意义变得很微妙。佛陀几乎没有说过涅槃是什么,但几次提到涅槃不是什么。比如,他说:"涅槃既不是地、水,也不是火和风;既不是无穷空间,也不是无限意识、空无一物;既没有这个世界,也没有彼岸;既没有太阳,也没有月亮。"

所以,从根本上说,涅槃不是一个概念,而是一种证悟,只有证悟者才能明白其中的含义。但是,对于我们这样的凡夫,佛陀还是显示了一些可以领会的东西。比如,我们还是可以领会到涅槃是一种无条件的存在,超越了因缘和合,没有因,也没有缘。涅槃里没有自我,自我里没有涅槃。涅槃并不是去了某个地方，甚至不能说进入了某种境界，因为涅槃里既没有来，也没有去。不来不去。如来。

一般来说，涅槃和肉身的死亡紧密相联。一个修行佛法的人，在肉身死亡的时候，会实现某种上升性的转化，最高程度的转化是涅槃。佛教里又把涅槃分为"无余涅槃""有余涅槃"两个不同的层次。有余涅槃，还有所依赖，而无余涅槃，因和果都超越了，没有了，彻底的清净。

我们从佛陀的涅槃中可以体会一下涅槃的意义。佛陀的涅槃是一件重大的事件，大约经历了这么几个阶段。

第一个阶段，大约公元前486年的某一段时期，佛陀大约80岁了。在雨安居期间，得了重病，阿难看到佛陀得了重病，就说："我一向看到世尊安适健康，一旦看到世尊生病，我就有点慌乱。但我想，世尊不会不告诉我们，就进入涅槃，才感到安心。"佛陀就说："阿难啊，僧团对我还有什么期待呢？我已经把佛法全部显现了，我的佛法没有任何保留。肯定有人会认为我领导僧团，僧团依靠我，我应该对僧团留下训示。但我不这么想，我怎么会对僧团留下什么训示呢？我已经年迈衰老，我在人世间的旅途已经到了终点。我已经80了。如来的身体就像一辆破车，需要检查修理，才能前进。我的身体只有不念想一切的相，灭寂各种受，入无相心三昧，才能安适。因此，阿难，你们要以自己为岛屿而安住，以自己为庇护，不以别人为庇护；以法为岛屿，以法为庇护，不以别人为庇护。阿难，比丘怎样才能以自己为岛屿，以自己为庇护，以法为庇护，而不以别人为庇护呢？比丘要以身观身，精进努力，保持清醒，守住意念，摒弃尘世的贪欲和忧恼。同样，于受观受，于心观心，于法观法，精进努力，保持清醒，守住意念，摒弃尘世的贪欲和忧恼。阿难，就这样，以自己为岛屿而安住，以自己为庇护，不以别人为庇护；以法为岛屿，以法为庇护，不以别人为庇护；阿难，在现在或我去世之后，凡是愿意学会以自己为岛屿而安住，以自己为庇护，不以别人为庇护；以法为岛屿，以法为庇护，不以别人为庇护，他们将成为杰出的比丘。"

第二个阶段，佛陀决定在3个月后进入涅槃。他把附近的比丘召集到讲堂，告诉他们这个决定，他对比丘说："我凭通慧获得的诸法，已经教给你们了。你们应该好好地掌握、修习和广为传布，让梵行长久地保持，利益众生，怜悯世间，造福神和人。我凭通慧获得的诸法有哪些呢？四念处，四正勤，四神足，五根，五力，七觉支，八正道。众比丘，我要告诉你们，诸行是坏法，你们要精进努力，不放逸。如来不久要进入涅槃，如来3个月后就要进入涅槃。"在接下来的3个月内，佛陀还行走在各个村庄，弘扬佛法，涅槃之前的最后一刻还接受了一个弟子。一个插曲是，在一些文献上记载，佛陀最后肉身的去世，是因为吃了一个叫纯陀的人供养的食物，引起剧痛，发烧。

第三个阶段，进入涅槃。涅槃前，阿难问佛陀："应该怎样供养如来的舍利？"佛陀说："你们不应该操心如来的舍利，你们要关注自己的善行，致力自己的善事，精进努力，心不放逸，做好自己的善事。会有信奉如来的世间的那些有智慧的人来供养如来舍利。"并且告诉阿难，这些人会用佛塔来供养如来舍利。佛陀对比丘们最后说的是："诸行是坏法，你们要精进努力，心不放逸。"然后，佛陀进入初禅，一直到第四禅，再到灭想定，最后进入涅槃。大地震动，天上鼓声回响。

回到《金刚经》里佛陀说的，要让所有的众生都入无余涅槃，用通俗的话来说，就是要让他们得到彻底的解脱。彻底的解脱并不是人要去另外一个地方，而是要回到自己本来的样子。所以，佛陀才会说，当度化所有的众生都得到化度之后，发现并没有什么众生可以化度，因为众生只是一个暂时的幻象，而在根本上，所有的众生本来都是佛，本来自己就觉性具足。

那么，为什么会成为众生呢？为什么众生不能觉醒呢？在于他们困在了四种相里面，对这四种相没有觉知，以为理所当然，所以，佛陀在《金刚经》里反复讲了无我相、无人相、无众生相、无寿者相。我们再读一段《金刚经》的经文，这是佛陀回答须菩提第一次提问快结束时，须菩提自己的一段总结：

尔时，须菩提闻说是经，深解义趣，涕泪悲泣，而白佛言："希有，世尊！佛说如是甚深经典，我从昔来所得慧眼，未曾得闻如是之经。世尊，若复有人得闻是经，信心清净，即生实相，当知是人，成就第一希有功德。世尊，是实相者，即是非相，是故如来说名实相。世尊，我今得闻如是经典，信解受持，不足为难。若当来世，后五百岁，其有众生得闻是经，信解受持，是人即为第一希有。何以故？此人无我相、无人相、无众生相、无寿者相。所以者何？我相即是非相，人相、众生相、寿者相即是非相。何以故？离一切诸相，即名诸佛。"

大意如下：
那时，须菩提听了佛陀解说这部经典，深深地领会了它的意旨，从内心涌出欢欣的悲泣，恭敬地对佛陀说："真是奇妙啊，世尊。您把最深的道理说得如此明白。这是从我见道得慧眼以来，未曾听过的如此殊胜的经典。世尊，假如有人听闻了这样的经义，而能生起清净的信心，能够脱离观念与形相的羁绊，摆脱二边分别的见解看法，因而看到事物的本来面目，那么，这个人已经成就了第一稀有的功德。世尊，所谓实相，其实是一种假相，只是名之为实相。世尊，我今天能亲闻佛陀讲这样的经典，信奉、理解、领受、持行此经，并不算难得稀有。假如到了佛灭后的末法时代，也就是后世的最后一个五百年的时候，有人有缘听到这微妙经义，能够信奉、理解、领受、持行此经，那么，这个人才是非常难得稀有。为什么呢？因为这个人已经达到无我相、无人相、无众生相、无寿者相的境界。为什么呢？因为这个人证悟了我、人、众生、寿者四种相并没有自足的自性，是因缘和合而成，是幻相，也就是非相。总之，如果能够洞察一切形相的真如实相，不再执着于任何形相，那么，就达到佛的境界了。"

本章，我引用了两段《金刚经》的经文，这两段经文都是说无我相、无人相、无众生相、无寿者相，前面一段是佛陀说的，后面一段是须菩提在听完佛陀所说的话后的学习总结。两段经文很清晰地表达了一个意思：为什么没有觉悟？因为还执着于我相、人相、众生相、寿者相。关于这四种相，字面上的意思是自我的相状、人的相状、世间众生的相状、因为时间意识而形成的生命的相状。如果进一步推敲，佛陀指的是关于自我的意识、关于人的意识、关于生命的意识、关于寿命时间的意识。佛陀认为这些意识束缚了我们的心灵，如果我们想进入自在的境界，就应该摆脱这四种意识。

日本著名佛教学者铃木大拙把"我"解释为"自我意识"（the idea of an ego），把"人"解释为"人"（person），把"众生"解释为"存在"（being），把寿者解释为"灵魂"（soul）。丁福保主编的《佛学大辞典》这样解释：我相，于五蕴法中计有实我，有我之所有也；人相，于五蕴法中计我为人，异于余道也；众生相，于五蕴法中，计我为五蕴而生也；寿者相，于五蕴法中计我一期之寿命，成就而住，有分限也。

六祖认为这四种相是修行人常犯的毛病，"心有能所，轻慢众生，名我相；自恃持戒，轻破戒者，名人相；厌三涂苦，愿生诸天，是众生相；心爱长年，而勤修福业，法执不忘，是寿者相"。孟祥森先生把六祖的话翻译成现代文：修行的人有四种心态，心里以为有能动的主体和所动的对象之分，也就是有自我和非自我之分，因而对其他生命产生轻视傲慢的态度，这叫自我心态；自己以为自己能守持戒律，而轻视犯了戒律的人，这叫有人我之分的心态；厌恶生前死后的种种灾难苦痛，而一心想着上升天道，是凡夫的心态；心里贪爱长寿，为此勤做善事，把佛家的道理把持不放，是追求长寿者的心态。

还有许多说法，在解释上有些微的差别，但基本的意思是一样的。所谓四相，从我延展到人类，再延展到一切生命，最后延展到时间（寿命），其实已经涵盖了空间与时间的一切存在。《金刚经》里反复强调的无我相、无人相、无众生相、无寿者相，确实可以概括为"无相"。无相这个概念可以引出更深的佛法，这里我先从浅层次的开始讲解。如果我们把无相理解成超越各种现状，那么，我们可以推导出一个修心法则：把生命的困境还原为生命的生长。

我们再体会一下佛陀说的话，菩萨没有我相、人相、众生相、寿者相，也就是说，觉悟的人不应该局限在小我的格局里，要把自己放到人类这个整体里去；放到人类这个整体里，格局还是不够大，所以，还要把自己放到地球这个整体里；放到地球这个整体里，格局还是不够大，所以，最后要越过空间的局限，把自己放到宇宙这个整体里。在这里，释迦牟尼佛清楚地描画了一条递进式的路线。什么路线呢？就是越是打破有限性的束缚，越是接近无限性，人的境界就越高。最后成佛，不过是彻底地回归到无限性里。

从人类的历史看，释迦牟尼佛的这种说法非常了不起，人类的历史确实是一步一步摆脱有限性的束缚，一步一步走向宇宙、走向无限性的过程，从汽车到飞机到宇宙飞船，人类的想象都变成了现实。

从个人的成长看，如果你把你自己的单位当作全部，那么，你的命运完全是由这个单位的体制决定的；如果你把你从事的行业看作全部，那么，这个行业的兴衰就是你的命运；如果你把某个社会看作你的全部，那么，这个社会的机制在带动你的命运；如果你把地球看作全部，那么，地球的运转在带动你的命运。只要我们把自己局限在某一个领域，就会有那个领域的困境。婚姻有婚姻的困境，工作有工作的困境，人类有人类的困境。

解决困境的方法，就是不断递进，不断生长，好像破茧一样，每一次的破茧而出都是一次新的生长。每一次的破茧而出，原有的困境就会消失。生命的奥秘在于，不断地突破，和越来越广大的世界产生联系，这样生命就会生生不息，就会慢慢回到本来的样子。

修心法则 4
把手段还原为目的

通俗地讲,《金刚经》讲的就是如何彻底觉悟,彻底摆脱烦恼。那么,为什么我们总是很难觉悟,很难摆脱烦恼?是因为我们总是向外去寻找问题的答案,不知道真正的答案一定在自己的内心,所以,我们要学习着把问题还原为发心。为什么我们总是很难觉悟,很难摆脱烦恼?是因为我们总是以为自己是孤立的个体,以为这个世界和我们没有什么关系,所以,我们要把个体还原为系统。为什么我们总是很难觉悟,很难摆脱烦恼?是因为我们总是把自己局限在某个格局,以为这个格局就是全世界,所以,我们要把生命的困境还原为生命的生长。前面我们已经讲过这三条修心法则。这一章,我们要讲把手段还原为目的。为什么要把手段还原为目的?是因为我们往往站在了手段的桥梁上,而忘了最终的目的是什么,因而造成种种烦恼。我们先看《金刚经》里的一段经文:

"须菩提,于意云何?须陀洹能作是念:我得须陀洹果不?"

须菩提言:"不也,世尊。何以故?须陀洹名为入流,而无所入,不入色、声、香、味、触、法,是名须陀洹。"

"须菩提,于意云何?斯陀含能作是念,我得斯陀含果不?"

须菩提言:"不也,世尊。何以故?斯陀含名一往来,而实无往来,是名斯陀含。"

"须菩提,于意云何?阿那含能作是念,我得阿那含果不?"

须菩提言:"不也,世尊。何以故?阿那含名为不来,而实无不来,是故名为阿那含。"

"须菩提,于意云何?阿罗汉能作是念,我得阿罗汉道不?"

须菩提言:"不也,世尊。何以故?实无有法名阿罗汉。世尊,若阿罗汉作是念,我得阿罗汉道,即为著我、人、众生、寿者。世尊,佛说我得无诤三昧,人中最为第一,是第一离欲阿罗汉。世尊,我不作是念,我是离欲阿罗汉。世尊,我若作是念,我得阿罗汉道,世尊则不说须菩提是乐阿兰那行者。以须菩提实无所行,而名须菩提是乐阿兰那行。"

这段经文的大意为:

佛又问:"须菩提,你有什么看法?你认为证得须陀洹圣果的修行者会生起自己已经证得须陀洹果位这样的心念吗?"

须菩提回答:"不会的,世尊。为什么呢?须陀洹的意思是初入圣者之流,也就是入涅槃之流,但实际上,没有什么可以进入的,不执着于色、声、香、味、触、法这些外尘境界,才叫作须陀洹。"

佛接着问:"须菩提,你有什么看法?你认为证得斯陀含圣果的修行者会生起自己已经证得斯陀含果位这样的心念吗?"

须菩提回答:"不会的,世尊。为什么呢?斯陀含的意思是一往来,即达到斯陀含果位的人,还要托生天上一次,托生人间一次,才能得到最后的解脱,但实际上,并没有什么往来的,因此才叫作斯陀含。"

佛又问:"须菩提,你有什么看法?你认为证得阿那含圣果的修行者会生起自己已经证得阿那含果位这样的心念吗?"

须菩提回答:"不会的,世尊。阿那含的意思是不来,即达到阿那含果位的人已经断绝欲望，不再托生欲界，但实际上，并没有什么不来，因此才叫作阿那含。"

佛又问："须菩提，你有什么看法？你认为证得阿罗汉圣果的修行者会生起自己已经证得阿罗汉果位这样的心念吗？"

须菩提回答："不会的，世尊。为什么呢？阿罗汉的意思是不生，心中不再有任何法相的执着和分别了。如果阿罗汉产生我已经达到阿罗汉果位这样的念头，那么，就是执着于自我的相状、他人的相状、众人的相状、寿命的相状。世尊，佛说我已经达到因着空性的理解而无欲无念、不起争辩的境界，是修行最高的人，是彻底断绝了欲念的阿罗汉。世尊，如果我生起自己已经证得阿罗汉果位这样的心念，我不会认为自己已经达到阿罗汉的境界，世尊就不会说我是乐于寂静、无净的阿兰那行者了。因为须菩提已彻底舍弃分别执着之心，也不执着于自己的一切功行德相，所以才称须菩提是乐于修阿兰那行的修行者。"

这一段经文讲的是不要执着于修行的次第、方法。简单地说，很多时候，为了达到目的，必须设立一些手段。像佛教里的戒律、修行的方法，都是手段，真正的目的是让自己觉悟，让自己解脱，忘了这个目的。为修行而修行，修行就会沦为形式。

须陀洹、斯陀含、阿那含、阿罗汉，是小乘佛教里的次第，一个比一个趋向彻底的觉悟。第一个果位须陀洹意为初入圣者之流，所以又叫"入流"；斯陀含意为"一往来"，已经领悟了四谛的道理而断灭了与生俱来的烦恼，但仍需在天上和人间各生一次，才能最后解脱；阿那含意为"不来"，已经完全断除了欲界的诱惑，不会再在这世上转生；阿罗汉意为"不生"，已经彻底觉悟，进入涅槃，不再处于生死轮回之中。这是渐进式的，须陀洹之后是斯陀含，斯陀含之后是阿那含，阿那含之后是阿罗汉。

因此，一般的修行者常常想着一个目标，一年或多年后我要修行到什么果位，然后到一定时候会评估：我已经达到什么果位？是须陀洹还是阿那含？如果是阿那含，就会想：我已经证得了阿那含，接下来我要去修行阿罗汉。佛陀却说这样的意识阻碍我们的修行，阻碍我们达到真正的目标：解脱。

他启发须菩提，一个达到须陀洹的人不能想着自己已经得到了须陀洹的果位，因为须陀洹名为入流，实际并没有什么可入的；一个得到斯陀含果位的人不能想着自己已经得到了斯陀含的果位，因为斯陀含名为一往来，实际并没有什么往来；一个得到阿那含果位的人不能想着自己已经得到了阿那含的果位，因为阿那含名为不来，实际上并没有什么不来；一个得到阿罗汉果位的人不能想着自己已经得到了阿罗汉的果位，因为一旦有这样的念头，就着相了，就着了我、人、众生、寿者的相了。执着于相，无论是哪一种相，都不是阿罗汉。

已经修得了阿罗汉的果位，但不能有一点点的念头以为自己已经是阿罗汉的境界了。佛陀所要求的，不仅仅是不执着于手段，对于所谓开悟的境界也不要执着，对于修行的目标本身也不要执着。不要一心想着我要达成什么，然后想着我已经达成了什么。佛陀说，你不需要这样，因为你只要在此时此地，做你自己，你就已经抵达了。就在此时此地，在你自己心中，你不需要一个外在的更远的目标，不需要去验证你到了什么阶段的果位。你已经达成了。

在这一段话里，佛陀启示了一种超越手段和目的的生活，一种全然活在当下的生活。你可以有各种各样的目标，比如你想买一套房子，比如你想成为一名企业家，比如你想成为一名演员，等等。佛陀并没有要求你抛弃这些目标，你可以有这些目标，佛陀所要求的是你必须领悟到，这些目标，所有的目标，只是生活的自然过程，并不是一种束缚，也不是一种等待。

在你得到想买的那套房子之前，你在努力着，然而，你的努力不是一种煎熬，一种等待，而是一种生活的自然过程，一种生命的展开。在那个所谓的目标，比如得到那套房子之前，你应该在每个当下，享受生命的喜乐。生命的喜乐，蕴藏在你生活的每个时刻里，是无须等待的。也许，佛陀所要告诉我们的是，真正的目标只有一个，那就是当下的享受。在每一个当下享受生命，这才是全然的人生，完整的人生，本色的人生。

桥只不过是一种中介，一种手段，目的是让我们从此地到达彼岸。所以，我们只是走过桥，而不是停留在桥上，即使停留，也多半是为了看看风景，然后，还是要去到彼岸。没有人会一直停留在桥上。

然而，德国哲学家西美尔发现，在人类的实际生活中，我们往往站在了作为手段的桥上而忘记了彼岸，在桥上安了家。他说的是货币，也就是金钱。金钱的产生是由于交换的需要，你有一把刀，但你并不需要它，而是需要一把盐，于是，你必须找到一个拥有盐而需要刀的人，和他交换。人类曾经处于这样物物交换的时期，但很快，发明了金钱，把金钱作为一个中介，免去了很多麻烦。那个拥有刀而需要盐的人，不必再费劲去寻找拥有盐而需要刀的人，他可以直接拿着金钱去购买。

因此，人们只要赚钱就可以了，因为钱可以买到他们需要的东西。但是，这个过程延续到资本主义时代，人类已经忘记了金钱只不过是一种手段，最终是为了你需要的东西。金钱成了目的，人们活着就是为了赚钱。金钱成了我们这个时代的上帝。人们从小开始，就被培养如何成为成功者，而成功者的唯一标志就是有钱。人们完全忘记了：赚钱本来是为了你需要的东西，一旦你获得了你需要的，金钱就变得毫无意义。人们为了赚钱而去赚钱。手段成了目的。

西美尔的观察揭示出一个事实，那就是，人类生活的许多烦恼，许多执着，其实在于：我们站在作为手段的桥上而忘了到达彼岸。金钱本来是人类为了方便而创造设置的，只是工具，是为人类所利用的，但后来，它却变成了主体，反过来主宰人类。人类在赚钱的过程中停了下来，站在金钱的上面，满足于每天或每个月数着自己赚到的钱，然后盘算着明天或下个月再赚多少钱。赚多少钱，成了目的。而人的一生，真正的目的是要成为什么样的人。为了成为什么样的人，当然需要金钱，需要别的什么，然而，这些都是手段，都是为了达成你那个终极的目的，而不是反过来：为了赚钱，你要变成一个什么样的人。

《大智度论》中说道，在一切财宝里，人命第一，人是为了活命才求财，而不是为了财货而求命。许多人却颠倒了这种关系，就像我们常常从社会新闻里看到的悲剧，遭遇抢劫时，为了保护自己口袋里的几百块钱甚至几块钱，不惜以死相拼。金钱高于一切的观念渗透在人们的血液中，人们为了金钱而活着。日常世界成为一个颠倒的世界，大部分人迷失在追求"手段"的歧路上，而忘了生命真正的方向和目的地。如果我们安静下来，回到自己的内心，倾听灵魂的呼唤，明白自己真正想要去什么地方，然后坚定地朝着那个方向走去，尘世里的烦恼也就微不足道了。但我们大部分人，要么不知道自己要去什么地方，要么知道了却不够坚定，因而，整个的生命都被浪费了，在宝贵的生命中重复着没有意义的事情。

把手段当成了目的，是一般人常常迷失生命方向的原因，也是一般人会烦恼的重要原因。佛陀所说的四谛，其实是要提醒人们不要迷失在各种手段的杂草里，而要回到生命的根本上来。在《金刚经》里，佛陀更进一步，认为修行者执着于各种修行手段也是一种障碍，一种烦恼。把修行的方法看得很重，停留在形式上，而忘了修行的真正目的。这也是一种执着，和执着于金钱没有什么两样。所以，就如庄子提醒人们得到了鱼就要忘掉捕鱼的工具一样，佛陀再三告诫他的弟子，他自己所说的佛法对修行者来说，就好像渡河的筏过了河登上岸就要舍弃。

那么，如何做到登上岸就舍弃呢？佛陀提出了一个革命性的修行原则：手段即目的。其实并没有什么桥，每走一步就已经在彼岸。以布施为例，"菩萨于法应无所住，行于布施"，这是佛陀对须菩提"云何应住？云何降伏其心？"的进一步回答，特别强调了菩萨不应该以执着的心态去布施。佛陀并没有说不需要布施，他说的是"菩萨于法应无所住，行于布施"。布施是必须的，一切的修行都必须借助行为达成。或者说，一切的修行都需要一定的工具，比如长途旅行需要车那样的工具。佛教有所谓三乘的说法，乘就是运载工具的意思，三乘就是三种运载工具，三种引导教化众生得到解脱的方法。第一种是声闻乘，也叫小乘，通过修习四谛法而证得阿罗汉果；第二种是缘觉乘，也叫中乘，通过观悟十二因缘法而证得辟支佛果；第三种是菩萨乘，也叫大乘，主修"六度""四摄法"，通过空性的领悟而证得无上菩提。三乘各有自己的修行方法，大乘的修行方法主要有六度（又叫六波罗蜜，意思是六种到彼岸的方法）：布施、持戒、忍辱、精进、禅定、般若。

布施是一个起点，最终的目的是解脱。佛陀在"行于布施"之前有一句——菩萨于法应无所住。这句话的意思是，菩萨应该以不执着的心态去布施。布施的目的是不执着，为了解脱，而佛陀又说你必须用不执着的、解脱的心态去布施。在这句话里，佛陀显现了他独特而伟大的思想方法：手段就是目的。布施是起点，同时，在这个起点上，你已经到达终点。因此，佛陀所提出的六度，并非意味着，你必须先修习完布施，然后去修习持戒，然后去修习忍辱、精进、禅定、般若，最后到达解脱。佛陀完全不是这个意思。他的意思是，在每个阶段上你都可以而且必须秉持最终的目的，佛法的修行和英语的学习完全不一样，学习英语可以从一级到六级，分成一个一个的阶段来进行知识的积累；修行佛法，得到智慧的开悟则是另一种更深刻的学习，是整体性的，是同时性的。

回到布施。佛陀说，不执着于色而布施，不执着于声音、香气、味道、触觉而布施，总之，不执着于相而布施。为什么这样说？因为一般的修行人在布施时候容易产生怜悯心，以为布施的对象比自己贫穷，也容易以为自己在积德而希望获得回报，等等。布施是一个实际的行为，简单地说，只不过是把自己的东西施舍给别人的行为，比如最经常的，把自己的钱给一个乞丐；最彻底的，出家人在出家前把一切的财物施舍给有需要的人。当然，布施并不仅限于财物，为别人讲解佛法，也是一种布施，叫法布施；给别人无所畏惧的勇气，也是一种布施，叫无畏布施。无论怎样的布施，都是一种实在的行为，但佛陀说必须做到无相，才是真正的布施。无相布施当然不是不布施，而是在布施的时候，不执着于布施这种行为，不执着于我是布施者，他是接受者这样的分别，没有任何的要求得到回报的意识，布施只是很自然的行为，很自然的舍弃。当你把钱布施给一个乞丐的时候，你并不觉得他是乞丐，他只不过是和你一样的人，也不觉得你的钱有多么重要，你给予他，就像太阳发出光芒一样，照耀任何可以照到的地方。你就在那一个布施的时刻里得到解脱。

　　持戒、忍辱等，也是一样，在你持戒的时刻，在你忍辱的时刻，你并不是在积累，在等待，而是在当下，你不执着于持戒或忍辱本身，就能在当下达到那个最终的目的：解脱。因为解脱而自由地活着。这是《金刚经》发出的伟大信息，修行不是一个漫长的过程，不需要等待，而是当下就可以达成，当下你就是一个自由的人。无论在哪个修行阶段，你都可以直接抵达终点。

修心法则 5
把假象还原为真相

很多时候,我们之所以不能觉悟,不能摆脱烦恼,是因为我们把假象当作真实的东西,所以,要把假象还原为真相。我们看一段经文:

"须菩提,于意云何?可以身相见如来不?"

"不也,世尊。不可以身相得见如来。何以故?如来所说身相,即非身相。"

佛告须菩提:"凡所有相,皆是虚妄。若见诸相非相,即见如来。"

这段经文的大意为:

"须菩提,你觉得如何呢?可以根据如来的身体样貌来认识如来的真实本性吗?"

"不可以。世尊。不可以根据如来的身体样貌来认识如来的真实本性。为什么呢？如来所说的身体样貌，其实并不是真实存在的身相。"

佛陀告诉须菩提："一切的现象，都是虚妄不实的。如果你能看到现象，同时又能超越现象，悟得它们都是虚妄不实的，那么，就可以证见如来了。"

这一段解释，一旦执着于外在的形象，就见不到真正的佛。我们要反复提醒，佛不是人，也不是神，也不是什么状态，而是一种觉性；不是用形象可以捕捉到的，而是要用我们的菩提心，才能证悟到的。佛经里有一个故事，讲怎样见到佛。说是有一次，夏天雨季的时候，佛陀会从天上回到人间。一位叫莲华色的比丘尼，为了第一个见到佛，摇身一变，变成一位转轮圣王，大家纷纷相让。结果这个比丘尼成为最先向佛礼拜的人。然而，佛却说："你不是第一个礼拜我的人，须菩提才是第一个礼拜我的人。"大家在人群中并没有看到须菩提。须菩提其实并没有来到现场，他只是远远地观察，看到那么多人等待着佛的到来，他想到的是：眼前虽然气象盛大，但是不可能长期持续下去，不知道什么时候会出现毁灭，一切都是无常的。佛陀认为须菩提是观察到了诸法皆空，是真正看到了佛。

因此，在《金刚经》里，佛陀问须菩提，是不是"可以身相见如来"，须菩提当然回答"不也"，因为"如来所说身相即非身相"。有一个重点是"见如来",如来是佛陀的另一个称呼。"见如来",并不是去见佛陀这个人的意思,而是指见到如来的样子,或见到实相可不可以身相见如来。我们看到的那个佛的样子是不是就是佛?佛陀回答:"不是的,因为真正的佛,是看不见的。我们本来的样子,是看不见的。"这已经超越了我们的感官经验。

这里面,涉及佛学里的"三身佛"理论,就是说,佛有三种身体,第一种叫法身。法身是生命的本源,其实是一种心识,就是《心经》里说的不生不灭、不垢不净、不增不减的心,也叫阿赖耶识,第八心。第二种叫报身,就是报应而得的身,我们现有的人身就是报身,那些老鼠啊、猫啊,都是报身。同样是人,长得不一样,也是报身。第三种是化身,就是可以变化的身体,佛就有千百亿的化身。

所以,释迦牟尼佛问"可以身相见如来不",其实问的是可不可以身相见法身。法身,就是生命的本源,实在的本体。须菩提回答不可以,我们见到的只是报身或化身,而真正的法身,并不是我们的感官可以感知的,要靠觉悟的心,去体验。

释迦牟尼佛接着须菩提的回答,说了一句非常重要的话,也是最彻底的一句话:"凡所有相皆是虚妄。若见诸相非相,即见如来。"这个"相"字,可以大概地解释为现象，包括了物质层面的现象和概念层面的现象，就是我们感知到的一切，以及我们头脑里的所有概念。

释迦牟尼佛说，所有的这些现象，都是虚妄的，不真实的，都是一种假象。这里一定要注意，虚妄不等于不存在，不等于没有。虚妄的意思是，这些现象是存在的，但是，它们是变幻不定的，无常的。所以，释迦牟尼佛说"若见诸相非相，即见如来"，意思是见到这些现象，同时又能不被这些假象迷惑，透过这些假象看到本来的样子，那么，你就见到真正的佛了。

佛陀讲的如来，讲的实相，和我们一般讲的真相，是有差异的。但是普通人修行，想要"见诸相非相，即见如来"，首先，就要透过假象，才能够看到真相。这是重要的一个觉醒，对各种现象保持着怀疑、质疑的态度，真相就会浮现。这是《金刚经》所传达的一个修心法则：把假象还原为真相。

为什么我们大多数人总是看不到真相呢？佛教的说法，是因为各种习气蒙住了我们的眼睛。英国哲学家培根有一套解释，对我们理解"凡所有相皆是虚妄"会有一定帮助。

培根说，我们一般会陷入四种假象里，第一种是种族假象，就是我们每个人都属于一定的种族，一定的种族会有集体无意识，会让我们产生很多偏见。

第二种是洞穴假象，就是我们每个人成长过程里受到家庭、学校等影响，形成了一套个人的偏见。

第三种是市场假象，就是在我们人与人之间交往过程里，由于对语言的理解不一样产生的错误认知。

第四种是剧场假象，就是对传播体系里的知识、信息的盲目相信，迷信权威和传统，而产生错误的认知。

培根讲的，是偏见让我们看不到真相，有时候，是我们的愿望让我们看不到真相。有一个民间故事，有一家人的小孩满月，在家里摆酒，请了许多人来祝贺。许多人就送了很多礼，当然，也说了很多祝贺的话。这人说，这个小孩的面相真好，将来一定会发财的；那人说，这个小孩的眼睛很有灵气，将来一定是个大官，诸如此类。主人听了非常高兴，一一答谢，还请他们就座吃饭。这时，突然冒出一个冷冷的声音：这个小孩以后肯定会死掉。主人大怒，大家一起把说这话的人痛打一顿，赶了出去。

我是从鲁迅的杂文里读到这个民间故事的。鲁迅用这个故事感慨的是，说假话的都得到了好的招待，而说真话的却被赶了出去。说真话的确实被赶了出去，但是，那些得到款待的，也并非因为说了假话。那些人说的，其实是祝愿的话，或者用通俗的话说，是好听的话。为什么好听？因为那些话折射了主人自己的愿望，主人自己愿意他的孩子将来当官发财，愿意他成就大事。听到别人口里说出了自己的愿望，当然高兴，当然愉快。说的人其实没有什么错，听的人高兴，其实也没有什么错。一切的问题也许在于生活中许多想不开、许多执着，是因为我们把这个愿望当作了现实。这个刚刚满月的孩子，也许会发大财，也许会当大官，也许会当大作家，这些都有可能，然而，这些仅仅是愿望，是尚未实现的愿望。对一个刚刚满月的孩子来说，未来有无限的可能性，但只有一个可能性是真实的，那就是他以后——不管是什么时候——肯定会死掉。他也许会成为大财主，也许会成为大官，也许会成为大作家或别的什么，都是不确定的，但死亡是确定的，他一定会死掉，这是不容争辩、不容置疑的。无论那个孩子成为大官还是别的什么，都不能改变他会死掉这个事实，他只有一个目的地：死亡。

然而，我们不愿意面对这个确定的唯一的真相，反而迷醉在不确定性之中，迷醉在不确定性造就的浮华之中，把虚浮的当成真实的，把想要的东西当作真实的。在世俗的层面，死亡是唯一的一个真相，而真相是人人所不愿意面对的，几乎所有的真相，都是程度不同的禁忌。人的心理容易回避真相，而活在虚假的愿望里。那个满月宴会上的主人和说"假话"的人们，只不过是无意之间受制于一个禁忌，关于死亡的禁忌，并非如鲁迅理解的那样，刻意要说假话。

禁忌是一种掩盖和粉饰，阻止人们去面对真相。因此，推开禁忌的墙壁，直面真相，是觉悟和解脱的开始。谷崎润一郎有一篇写古代日本宫廷生活的小说，有一位男子迷恋上一位宫廷女官，想了许多办法都无法得到她，却又无法对她斩断情丝。男子心里明白自己不可能得到她，不如放下对她的迷恋。如何放下呢？男子想了女官的许多缺陷，但还是对她非常迷恋。最后，他想到了一个办法。他打算去看那位女官的排泄物，以为只要一看到她的排泄物，就会彻底粉碎因她的美所建立起来的那种幻觉，就可以不再迷恋她。结果那位女官看穿了他的心思，在便盒里做了手脚。当宫女把那位女官的便盒拿到园子里，男子去偷看，发现的是美丽的花和芬芳的气息。结局是男子完全绝望，以自杀来结束对那位女官的迷恋。

一个再美的女子，也会排泄。这是一个事实。但一般人不太愿意想到这一点，更不愿意看到这一点，而愿意沉迷于眼睛里所看到的美貌，沉迷在美的想象之中。男子决定去看女官的排泄物，去面对一个真相，确实有助于让自己从执着里解脱出来。佛教的基本修行里，就有所谓的修不净观，就是透过对身体器官的观想，明白再美的女子也不过是一堆普通的血肉。用时髦的学术术语，叫作"祛魅"，把女子的魅力幻影一层层地去掉，把她还原成普通的存在物，然后，就不会执着于她的美貌。

那个在满月宴会上说孩子会死的人有点像童话《皇帝的新装》里的小孩子，说出了一个简单的一直就在我们面前的真相。皇帝赤裸着身体，在街上招摇，展示着所谓的华服，所有的人都在赞美那件看不见的华服，只因人人都害怕被认为是愚蠢的人。只有一个孩子，老老实实地说出了他看到的事实，只不过是一个裸体，哪有什么漂亮的衣服。宴会上的人说孩子会死，也只不过是说出了一个简单的真相。人们不愿意听到这个真相，人们愿意用各种祝福的话，去建构一个繁华的日常世界，让自己迷醉在其中。然而，这些生活无论多么热闹，最终都因为死亡而归于空无、寂静。真正留下来的只是寂静，只是空无。我们日常所执着的那些东西，就像皇帝的新衣，是一个幻觉，实际上赤条条，空无一物。但是，人类喜欢迷醉在这样的幻觉里，只有那个天真的小孩和那个清醒的成年人说出了真相：这一切都是虚妄的。

所以，佛陀很早就发现了死亡的意义。觉知死亡，并不是仅仅觉知人类生活黑暗的一面，不是这样的，佛陀在根本上不是一个悲观的人，虽然他的思想是从人类生活悲剧的一面开始的。在佛陀看来，死亡不是一个完结的信号，而是一个提升的信号。借着觉知死亡，我们可以摆脱对现世生活的迷恋和执着，迈开自我解放的第一步。因此，念死这样一种修行在佛教里，在我看来，比修不净观更加重要，更加根本。如果念死的意识没有融入日常生活，就不可能是一个真正的佛教徒。藏传佛教格鲁派的创始人宗喀巴在他的著名论著《菩提道次第略论》中指示成佛修行的进阶，第一步从哪儿开始呢？从念死开始，宗喀巴认为念死是"摧坏一切烦恼恶业之锤""心执不死者，乃一切衰损之门；念死者，乃一切圆满之门也"。

那么，如何念死呢？第一，要时刻想到"定死"，就是任何人一定会死的，寿命只会减少，不会增加；第二，要时刻想到死期是不定的，随时可能会死，就像佛陀所说，生命在一呼一吸之间；第三，要时刻想到死的时候你无法带走任何东西，也没有什么东西能够帮助你，除了你内心的信念。因此，所谓念死，其实就是把死亡的意识融汇到我们的日常生活中，从而舍弃对尘世种种利益的爱欲。

"向死而生"，这是一本书的名字，是一个让人喜乐的名字。对死亡的觉知、思考，并不是一种悲观的终结，而是一种无限的开始，因着这种无限的开始，生命变得圆满，既不是悲观的，也不是那些祝福的话所营造起来的乐观，而只是喜乐，当下的喜乐。人类专注于现世的生活，刻意隐瞒死亡的真相，我们在成长的过程里，很长时间不能面对死亡，要么对死亡非常恐惧，要么觉得死亡离自己非常遥远，是别人的事情。我在25岁的时候，因着祖母的去世，真切地感受到死亡与自己是如此紧密，是我自己生命内部必然发生的事情。而在几年后，亲眼看见一个朋友永远地合上眼睛，那种震撼超过了一切的理论与说教，几乎是一种巨大的压力，驱使我去思考，去寻找出口。最初确实是一种哀伤的悲剧情怀，但接下来却是更为巨大的解放感，从现世生活的图景里解放出来，进入一个无限广阔的境地，进入一个生死之外的广阔境界。

这种心理体验有点像失恋。刚刚失恋的时候，我们悲伤，但同时我们渐渐地发现，在我们所爱恋的对象之外有更广大的天地，发现我们因为爱恋那个对象而遗忘了更广大的天地，于是，失恋变成了一种解放。失去让我们看到了存在的真相。

所以，生活中的挫折常常是一个契机，让我们看到真相，而怀疑是一种自我的觉醒，把假象还原为真相，这就在通向菩提心的道路上迈出了一大步。

修心法则 6
把名相还原为具象

在上一章中,我们讲到之所以总是不能觉悟,是因为把看到的各种现象当作了真实的,产生了执着。所以,要学会觉知,把假象还原为真相。假如说,看到假象觉得理所当然,是"眼见为实"这个惯性在起作用,那么,还有一种东西我们每时每刻都在接受,不会觉得有什么问题,但这种东西构建了一层一层的因牢,在扼杀我们内在的直觉,以及创造力。这种东西是什么呢?我们先看一段《金刚经》的经文:

尔时,须菩提白佛言:"世尊,当何名此经?我等云何奉持?"

佛告须菩提:"是经名为《金刚般若波罗蜜》,以是名字,汝当奉持。所以者何?须菩提,佛说般若波罗蜜,即非般若波罗蜜,是名般若波罗蜜。须菩提,于意云何？如来有所说法不？"

须菩提白佛言："世尊，如来无所说。"

"须菩提，于意云何？三千大千世界所有微尘，是为多不？"

须菩提言："甚多，世尊。"

"须菩提，诸微尘，如来说非微尘，是名微尘。如来说世界，非世界，是名世界。须菩提，于意云何？可以三十二相见如来不？"

"不也，世尊。不可以三十二相得见如来。何以故？如来说三十二相，即是非相，是名三十二相。"

"须菩提，若有善男子、善女人，以恒河沙等身命布施，若复有人，于此经中，乃至受持四句偈等，为他人说，其福甚多。"

这段经文的大意如下：

这时，须菩提问佛陀："世尊，应当用什么名字来称呼这部经呢？我们应该如何受持奉行这部经呢？"

佛陀回答："这部经名叫《金刚般若波罗蜜经》，你们用这个名字奉持就可以了。为什么呢？须菩提，佛说到彼岸的智慧，其实，法无定法，并非到彼岸的智慧，因此名为到彼岸的智慧。须菩提，你觉得如来真的说了什么法

(道理)吗?"

须菩提回答:"世尊,如来实际上没有说过什么法。"

"须菩提,你觉得三千大千世界的所有微尘,是不是很多?"

须菩提回答:"很多,世尊。"

"须菩提,所有的微尘,如来说并非微尘,只是名叫微尘。如来说世界,即非世界,只是名为世界。须菩提,你觉得可以依据三十二种殊妙样貌来认识真正的如来吗?"

"不可以,世尊。不可以依据三十二种殊妙样貌来认识如来。为什么呢?三十二种殊妙样貌并非如来的真实本质,只是因缘和合,假名为三十二相。"

佛陀说:"须菩提,如果有善男子和善女人,以恒河中沙子那么多的身体和性命来做布施,又有人能够受持奉行此经,甚至只是受持奉行其中的一个四句偈,并且广为他人宣说,那么他的福德远远超过以身命布施的福德。"

从这段经文我们可以得知,释迦牟尼佛已经讲完《金刚经》了,并给《金刚经》取名《金刚般若波罗蜜经》。然后,他又强调了五点内容:第一,这个经名为《金刚般若波罗蜜经》,我们在前面已经解释过,般若波罗蜜就是到彼岸的大智慧。金刚,就是最坚硬、最锋利的事物。但在这里,释迦牟尼佛自己却是这样解释的:"佛说般若波罗蜜，即非般若波罗蜜，是名般若波罗蜜。"佛讲的到彼岸的大智慧，其实并非到彼岸的大智慧，只是名为大智慧。这种句式在《金刚经》里反复出现，叫三句义。

第二，释迦牟尼佛又问了一个原来问过须菩提的问题："你觉得我是讲了什么道理吗？"须菩提说："其实您老人家什么也没有说。"这真是很奇怪，明明讲了一通道理，但一定要说，什么也没有说。但如果你理解了《金刚经》的思维脉络，就会觉得不奇怪。因为讲完了一个道理、一套体系，释迦牟尼佛担心你会把这一套体系当作教条，所以赶紧自我否定，我什么也没有说。真正的意思是你千万不要把我说的当作绝对的真理去框住自己的修行和证悟，要是这样，我就是害了你啊。

第三，又重复了一次前面已经讲过的"凡所有相皆是虚妄"的意思。但这一次的总结却是从另外一个角度去看相的虚妄，从微尘和世界的角度去看相的虚妄。微尘，色体的极小者称为极尘，七倍极尘谓之微尘。有人认为佛教里的微尘大概就是我们现代科学里讲的原子。微尘，可以无限的小，世界，可以无限的大。再小的微尘，也有自己的世界；再大的世界，也布满微尘。它们都是因缘聚合而成的，只是名为微尘，名为世界而已。禅宗的解释是，如果我们从微尘的角度看，那么我们看到的都是万象森严，无一不是尘境。如果从世界的角度看,那么,我们看到的,其实就是空虚。

第四,从微尘和世界的角度,又落实到佛的相貌。前面已经问过"可以身相见如来不?"前面的问答其实要说的是佛的法身是无相的。这次又问"可以三十二相见如来不?"要说的是佛的化身也是一个假名,也是无相的。

第五,又强调了为他人说《金刚经》,哪怕只是四句偈,你的福德就无量广大。

上述五点,把《金刚经》最重点的见解归纳出来了。一部《金刚经》,释迦牟尼佛反复从不同的角度讨论这五点,反复开导我们从这五点上找到解脱的道路。

我想重点讨论一下第一点,就是"佛说般若波罗蜜,即非般若波罗蜜,是名般若波罗蜜"。这是《金刚经》里反复使用的一种句型,透露了通向"空"的道路。这种句型肯定的同时又否定,既不是肯定,也不是否定,有人称之为"三句义",比如,"庄严佛土者,即非庄严,是名庄严""佛说般若波罗蜜,即非般若波罗蜜,是名般若波罗蜜""如来说微尘,非微尘,是名微尘""如来说世界,非世界,是名世界"等。又如"如来所说身相,即非身相",虽然只有两句,但实际上也是三句,只是省略了"是名身相"。

这些句子如果按照字面上理解，好像很玄，比如"佛说般若波罗蜜，即非般若波罗蜜，是名般若波罗蜜"。如果翻译成现代汉语，就是：佛所说的解脱的智慧，其实并不是解脱的智慧，只是叫作解脱的智慧。这种句式好像是语言游戏，佛陀用这样的句式想要表示什么呢？想要我们领悟什么呢？

其实，佛陀用这种句式要告诉我们的有两点：第一点，就是告诉我们所有的语言文字都是一种觉悟的障碍，语言文字都是人设立的，但我们在接受的时候，觉得好像是从来如此、理所当然，如果我们以为语言文字是真实的，我们就会陷入执着和烦恼；第二点，就是告诉我们所有的观点都是一种障碍，要从所有的观点中解脱出来。

接下来我们讨论第一点——从语言文字这种名相中解放出来。第二点从观点中解放出来，我们在下一章中讨论。所谓"凡所有相皆是虚妄"，首先我们要觉知各种可以感觉到的现象是虚妄的，这点在上一章已经讲过；其次就是要觉知所有的名相都是虚妄的。

人类生活的假象，在很大程度上是由人类发明的各种名称、概念组成的，这些名称、概念束缚了我们的心灵。因此，解脱的第一步，就是去掉名称、概念，去找寻被名称、概念遮蔽了的真实存在。

名称只是一个名称,但是,我们活在名称所构成的世界里。有一座村庄,离王宫大约五由旬的距离。村里有上好的水,国王命令村民每天为他送水。日子久了,大家觉得很累,想要搬离这个村子。村长为了劝说大家留下来,就去请求国王,把五由旬改成三由旬,让村子离王宫近一点。国王同意了,大家又留了下来。有一个人说,距离还是原来的距离,改了有什么用。但大家还是相信三由旬比五由旬近了许多,仍然为国王送水。

《金刚经》里的"三句义",显示了语言的无力:在真相或真实的世界面前,语言是无力的。不仅无力,而且空洞。你只要想一想世界上有十几万叫张军的人,他们的年龄、身份都不一样,但是都叫张军。再想一想"车"这个名称,在英语和俄语、法语等不同的语言里,写法、发音都完全不同,但它们指涉的都是车这样一种交通工具。而且,无论哪种语言的"车",都不可能穷尽所有车的状况。即使只描述具体的一辆车,无论用什么样的形容词或名词,也不可能真切地把它完全描述出来。真实的车就是实际在那里的那辆车,语言在它面前苍白无力。

因此,重要的不是这个名称,而是这个名称所指涉的对象。你必须摆脱词语,去看那个实际的对象。重要的不是三由旬还是五由旬,而是实际上它所代表的距离是多少。所以，佛陀创造了这么一种表达，所谓三由旬，并不是真正的三由旬，只是名为三由旬；所谓费勇，并非真正的费勇，只是名为费勇。

这种三句义的表述，是用语言表达语言无法表现的，是在引导我们观照语言背后的具象，把名相还原为具象。这样，那个具体的事物就能向你敞开，你也可以向那个具体的事物敞开，不需要语言、文字。当下，你可以聚焦于一个个具体的事物，比如车，你聚焦于那辆具体的车上。这是一辆最新款的雷克萨斯，你上周买的。你正在开着这辆车，它是你的。你清楚它的每个细节，它是实实在在的。然而，佛陀说："凡所有相，皆是虚妄。"这辆雷克萨斯如此清晰地出现在你的眼前，它的方向盘就在你的手中。它怎么可能是虚妄的呢？一个朋友对我说："名称有虚假性，容易理解，车这个名称是随意的，如果开始把它叫作牛，那就是牛了。但是，你说那辆具体的车也是虚假的，很难理解，除非你像魔术师一样把这辆车变走，我就相信佛陀的话了。"当然，我不可能把车变走。佛陀在世的话，也不可能把车变走。因为佛陀所说的虚妄，所说的空，并非不存在，并非没有。那辆车，确实在那里，而且，此刻它确实属于你。

佛陀要告诉你的是：

第一，广告、销售资料、销售员的介绍，以及车的外形、车的装饰构成了一个影像，赋了了这辆车许多品质，比如高贵，比如优雅，等等，唤起我们许多想象和愿望，以为拥有了这辆车就可以达到什么境界。这是一个幻觉。无论广告里的文字、画面如何渲染，外在的装饰如何华丽，这辆车实际上只是一辆汽车，一辆装着发动机的汽车而已。如果你沉迷于那种幻觉，你注定要失望。所以，你必须学习在享受这种幻觉的同时，把这辆车只是看成一辆车，没有什么附加的东西，那是你的想象。

夏天的天空，云彩变幻出许多形状，有的像小狗，有的像猴子，有的像宫殿，如果有人把这些小狗、猴子、宫殿当作真的，那么，大多数人会认为那是一种愚痴。然而，在日常生活里，我们常常把这些白云的形状当作真实的东西，却并不觉得自己的行为是一种愚痴。

第二，这辆车之所以成为这辆车，以及成为你的车，是许多因素造成的。这辆车不可能自己成为自己，需要技术，需要工人，需要各种各样的条件，相互配合，当因缘具足的时候，才能生产出来。然后又需要其他的种种因缘，它才可能被你买到，成为你的车。只要某个因素改变了，这辆车及它与你的关系，就会改变。没有什么独立的绝对的因素，使得这辆车成为这样一辆车，成为你的车，是各种因素相互依存的结果。因此，当你把这辆车只是看成一辆车的时候，不要以为它是一个独立的绝对的整体，要知道它是一种组合，一种依赖各种因缘和合而成的组合。

第三，这辆车此刻确实是一辆车，是属于你的车。但是，在接下来的每分每秒它的零件都在老化，在变异之中。这个世界还充满着许多不确定性，比如车祸，比如你的经济状况，都可能改变目前的状态。目前的状态并不是一个常态。实际的情况是无常的。这辆车存在于无常之中。因此，当你把这辆车看成一种组合的时候，还要把它看成一种动态的无常的存在。

这样的观察好像游戏，然而，佛陀仿佛很认真地做着这样的游戏。因为，这样的游戏揭示了我们所追求、所迷恋的事物其实非常空洞，非常不可靠，我们在拥有、享受的同时，必须摒弃对它们的执着。如果我们执着，就注定失败。所以，佛陀所昭示的"空"，并非消极的逃避，而是对真相的勇敢承担，从而在不可靠的存在里找到可靠的、不变的东西。

有一个佛经故事，说是有一个很吝啬的牧羊人，养了很多肥美的羊。有一个狡猾的人想得到他的羊，于是对他说，很远的地方有一个很漂亮的女孩子，我帮你把她求来做媳妇。牧羊人一听是漂亮的女孩子就非常高兴,给了那个人很多羊和其他财物。过了不久,那个人回来了,告诉牧羊人,他的媳妇已经生了儿子。牧羊人突然得知自己做了父亲,更加兴奋,给了那个人更多的财物。又过了一阵子,那个人回来对牧羊人说,他的儿子不幸生病死了。牧羊人嚎啕大哭。他真的很悲哀,并不认为那个女孩子,还有他的孩子,其实是虚幻的。如果细细观察我们自己,以及我们周围的人,也许会发现很多很聪明的人实际上和这个愚蠢的牧羊人一样,为着那些虚幻的东西在奔波、操劳。为什么会这样呢?因为我们常常迷失在名相构成的世界里,所以,要把名相还原为具象。

修心法则 7
把观点还原为事实

上一章我讲到《金刚经》里有一种句式叫三句义，佛陀用这种句式是要告诉我们：第一，所有的语言概念都是一种觉悟的障碍，语言文字都是人设立的，但我们在接受的时候，觉得好像是从来如此、理所当然的，如果我们以为语言文字是真实的，那我们就会陷入执着和烦恼；第二，所有的观点都是一种障碍，要从所有的观点中解脱出来。第一点我们在上一章中已经讲过，这一章我们将从观点中解放出来。我自己第一次读《金刚经》的时候，读到下面这段经文很震撼，从未见过一个宗教创始人或思想家反对一切的观点，包括自己的观点。我们先看这段经文：

"须菩提，于意云何？如来得阿耨多罗三藐三菩提耶？如来有所说法耶？"

须菩提言："如我解佛所说义，无有定法名阿耨多罗三藐三菩提,亦无有定法如来可说。何以故?如来所说法皆不可取、不可说,非法、非非法。所以者何?一切贤圣,皆以无为法而有差别。"

这段经文的大意是:

佛陀又问:"须菩提,你意下如何?如来已经证得了无上正等正觉吗?如来真的说过什么法吗?"

须菩提回答:"按我理解的佛所说法的义理,并没有绝对的什么法叫无上正等正觉,如来也没有绝对地说了什么法。为什么呢?如来所讲的佛法,都是不可执着,也不可言说的,它既不是法,也不能说不是法。为什么呢?因为一切贤人、圣人所证悟的都是无生无灭的无为境界,只是证悟的程度有所差别而已。"

在这段经文上一段的最后,佛陀讲了一个比喻——法如筏喻,佛法就好像渡人过河的船,到了对岸就不应该再待在船上了,要放下这条船。本章讲的这段经文就是对这个比喻的进一步阐释,释迦牟尼佛在这一段里是要提醒须菩提,也是提醒大家,我前面讲的一堆理念和方法其实只是一种方便法门,你们千万不要把它当作绝对的真理,固守着不放。这个世界上并没有放之四海皆准的绝对真理。假如有所谓的真理,也都是相对的。

《六度集经》里记载了一个故事,讲佛陀的弟子有一次去城里化缘,因为时间还早,就到另一个教派的讲堂里去闲坐。那个教派的门徒正在讨论经书,读到某一句时,大家的理解不一样,开始还是互相说服,慢慢就有了火药味,唇枪舌剑,你一句我一句,各不相让,越争越激烈。佛陀的弟子在旁边听着,怎么也听不明白谁是对的,谁是错的。过了一会儿,佛陀的弟子就出去了。回到佛陀的居处,他们把刚才看到的争论场面告诉了佛陀。

佛陀就说了一个"盲人摸象"的故事,他说在很久以前,阎浮提洲有一位国王,叫镜面王。镜面王平时念诵佛经,智慧多得像恒河里的沙子一样。不过,他的臣民多数不读佛经,却相信一些邪教外道,就如相信萤火虫的亮光,却怀疑日月巨大的光明。于是,他下令召集一些盲人到王宫的广场上来。

那些盲人来到广场上。镜面王让人把一头大象牵到盲人们的面前,盲人有的摸到了大象的脚,有的摸到了大象的尾巴梢,有的摸到了大象的肚皮,有的摸到了大象的耳朵,有的摸到了大象的头,有的摸到了大象的牙,有的摸到了大象的鼻子。这时,镜面王问他们:"你们都看到大象了吗?"

盲人们回答:"看到了。"镜面王又问:"大象像什么呢？"摸到象脚的盲人说："大王圣明！大象像一个装漆的竹筒。"摸到象尾巴梢的盲人说："像一把扫帚。"摸到象肚皮的盲人说："像一面鼓。"摸到象背的盲人说："像一堵墙。"摸到象耳朵的盲人说："像一个簸箕。"摸到象牙的盲人说："像一只角。"摸到象头的盲人说："像一个大臼。"摸到象鼻子的盲人说："大王圣明！大象像一根粗绳子。"盲人们在国王面前争吵起来，都说："大王，我说的是真的。"

镜面王笑着说："盲人们啊！盲人们啊！你们没有听过佛经吧。"于是，他说了一首偈："今为无眼曹，空诤自谓谛，睹一云余非，坐一象相怨。"大意是：瞎眼的人争来争去，都说自己说的是真的，见到一部分就说别的不存在，为了一头象而相互怄气。

这是大家都很熟悉的故事，然而，并非人人都领会了其中颠覆性的思想。在《金刚经》里，我们可以看到，佛陀首先会说一个观点，然后马上会反复强调，你不要执着于这个观点。你不能让任何一个观点束缚你。为什么呢？用这个故事来说就是，存在（大象）是一个无限的不断变化的组合，而每一个人都是有限的（盲人），视觉、听觉等都是有限的，你只能看到、听到你能够看到、听到的。但在你能够看到、听到的以外，是无限的广大。

因此，当我们面对存在的时候，当我们试图作出一个判断的时候，我们必须要保持谦卑，对于不可知的整体性的谦卑，你可以作出任何判断，你可以说出并遵行任何道理，但是你一定要明白，这些判断或道理，都只是无数判断和道理中的一种，只是其中的一种。

很多道理都具有时空性，在这个场合有效，到了另一个场合，如果人们还是墨守这些道理，他们就很可能犯错误。如《杂宝藏经》里讲过一个故事。有一个叫摩诃罗的人在匆忙中撞进了猎人的网里，猎人告诫他："你太粗心，太慌张了，为什么不会不慌不忙地向前爬呢？"于是，摩诃罗就按照猎人的话，慢慢向前爬行。结果，他又遇到洗衣服的人，洗衣服的人以为他是来偷衣服的，用大棒打了他一顿。

纵观人类的思想史，我们也能得出这样的道理，没有一种思想是绝对的错，或绝对的对，完全要看语境。爱因斯坦的相对论出现后，并不意味着牛顿的地心引力理论错了，地心引力仍然存在，相对论只不过是一个新的发现。孔子的思想或柏拉图的思想，也无所谓过不过时。人类的思想，似乎不是一个新的取代旧的的过程，没有什么新和旧，也没有什么对或错，只是一个不断发现的过程。因此，任何一种说法都只是一种说法。你可以相信并遵守，但你不能执着于它，不能让它束缚着你，因为在任何一种说法之外，都有更广大的存在。

因此，在《金刚经》的第三段一直到第六段，释迦牟尼佛都在回答如何守持成佛的发心，如何降伏妄念，讲了一套修行的方法。但到了第六段的最后，释迦牟尼佛特别提醒所有的方法都不过是像带我们渡河的船，不过是一种手段，我们不能执着。到了第七段，又再次阐述不可以执着于佛陀所讲的佛法，不可以从语言的层面上去理解佛法，应该将之放于一个更深远的背景上去理解。

佛陀讲完经，并为这部经书命名为《金刚般若波罗蜜经》后，突然问了一个非常奇怪的问题："须菩提，你意下如何？如来已经证得了无上正等正觉吗？如来真的说过什么法吗？"这真是一个奇怪的问题，佛陀在前面讲了那么多的道理，难道不是在说法吗？更奇怪的是，须菩提回答如来并没有说法。这个答案显然得到了佛陀的认可，因为接下来佛陀说自己没有得到无上正等正觉的法。再接下来，佛陀甚至说假如有人认为如来有所说法，就是诽谤佛陀，就是没有理解佛陀所说的真正意思。因为说法的人没有什么法可以说，只是姑且叫作说法而已。

另有一种说法，说佛陀在涅槃前说："吾住世四十九年，未曾说一字。"那么多"如是我闻"的经书流传了下来，但是佛陀说未曾说过一个字。当佛陀说自己未曾说一个字时，他只是在表达一个意思：他并没有告诉你一个什么法门，可以让你得到彻底的解脱，更没有倡导什么固定的概念或道理，让人们去固守。他所能够做的，只是引导你，引导你保持一颗开放的心，走向自由和自在，用最通俗的话说，引导你向存在敞开，向无限的真相敞开。

从古至今，各个宗教和哲学流派都在倡导某个观点，我们一般人平时也总是在表达观点，而倡导某个观点往往意味着否定另外的观点。而佛陀和《金刚经》在倡导一个观点的时候，并没有否定别的观点，既没有赞同什么，也没有否定什么，只是说对于一切都不要执着，不要去攀附，不要去喜欢或厌恶。

面对这个世界，面对一切的事物，你应当没有观点，更确切地说，你应当把你脑海里一切的观点悬置，让你的脑海空下来，让存在本来的样子显现出来。这是佛陀相对于其他思想家或宗教家的独特之处，也是佛陀思想最具魅力的所在。或者说，佛陀思想的底子其实是具有彻底颠覆性的，佛陀对语言背后的意识形态表示了完全的质疑，并把这种与语言密不可分的意识形态看作囚牢。佛陀的所有努力都在打破这个囚牢，把人从意识的束缚里解放出来，回到一种自在的状态。

如果说其他思想家都在倡导一种观点，那么，佛陀并没有倡导什么观点，相反，他提倡我们对任何观点，不管是赞成的，还是反对的，都保持一种觉知，都要把观点还原为基本事实，去观察那个事实，而不是对观点做出简单的赞成或反对的反应，那种反应对于觉悟，是一种障碍。有些人会认为没有观点，那不是变得没有原则了吗？这是把原则和观点混淆了，《金刚经》里是有原则的，这个原则不是人制定出来的，而是因果法则。《金刚经》从头至尾贯穿了因果法则，贯穿了因果报应，这就是佛陀的原则。可以说，一部《金刚经》相信因果法则，但对于人类社会的一切观点，都持质疑的态度。这种质疑确切地说，也许应该说是悬置：既不否定，也不肯定，而是去观察这个观点背后的事实。事实比观点更重要，一个观察到事实的人，比一个有观点的人更有智慧。这是我们读《金刚经》要特别注意的一个关键。和其他的文本不同，但《金刚经》所要给你的，不是一个什么观点，而是觉知能力的提升，思维能力的提升，是一种身心的打开。所以，我们要时时记住，事实比观点更重要，要学会把观点还原为事实。观点把我们带向禁锢，而事实把我们带向觉悟。

修心法则 8
把存在还原为缘起

前面我们讲了要觉悟，要摆脱烦恼，首先需要把问题还原为发心，回到自己内心，这是一个基础，怎么样把问题还原为发心？有一个奇妙的路径，为了回到自己内心，恰恰需要我们把个体还原为系统，从整体去看待自己。把个体还原为系统，就需要我们在每一个现实的困境里不断破茧而出，把困境还原为生长。想要破茧而出，就要推倒假象和名相构建起来的围墙，所以，要把假象还原为真相，把名相还原为事实。要想看到真相，看到事实，就要有以观照的方式，把存在还原为缘起。这一章，我们就讲把存在还原为缘起。

缘起，在佛教里，是一个关键概念。有人甚至认为，佛教的核心理论就是缘起说。佛教用缘起解释宇宙万物生成变化，认为宇宙万物都是"相依而起"，宇宙人生的种种现象皆在关系中存在，无一物能单独自生自立，任何东西都不过是一种因缘和合体罢了。

《中阿含经》里用了一句偈语把缘起说讲得很透彻："此有则彼有，此无则彼无，此生则彼生，此灭则彼灭。"大意是：因为有了这个，就有了那个；因为没有了这个，也就没有了那个；因为这个产生了，那个也跟着产生了；因为这个消失了，那个也跟着消失了。缘起说认为世间的事物（一切有为法）既不是凭空而有，也不是孤立的存在，必须依靠种种因缘条件和合才能成立，一旦组成的因缘散失，事物本身也就归于乌有，"诸法因缘生，诸法因缘灭"的因果定律，称为"缘起"。这种因果缘起的关系有点像我们现在说的量子纠缠。

缘起靠什么呢？靠因缘和合。因是主要条件，是自身的原因，或者说是内因；缘是次要条件，是身外的原因，是外缘。任何事情，一定是内因和外缘和合，才会发生。举个例子，如果想要做成一件事，有的人会去烧香拜佛，祈求菩萨保佑。有没有用呢？这部分人也许觉得有点用，但不能起关键作用。因为烧香拜佛不过是外缘，辅助性的。真正起关键作用的，还是内因。想一想，如果我们想要做成一件事，因是什么呢？缘又是什么呢？什么样的因缘能够带给我们成功呢？

对我们普通人而言，缘起说有什么意义呢？

第一，缘起说意味着，每一个人的命运，世间万事万物出现和消失，一定是有因缘的，所以，从根本上来说，这个世界，以及我们的命运，是可控的。所以，我经常说佛教其实是一个非常积极的宗教，它有自己的哲学，不相信"神"，也不相信造物主，只相信因缘，相信因缘和合，相信因缘和合是宇宙的规律。我们只要证悟了这个规律，就可以非常自在。

第二，缘起说意味着，既然一切都是因缘和合，那么，一切都在变化之中，一切都是无常。既然一切都是无常，我们就会以不执着的心去看待一切。

第三，缘起说意味着，任何一种改变都需要因缘的相遇。因缘的相遇，就像张爱玲的一句话："于千万人之中遇见你所要遇见的人，于千万年之中，时间的无涯的荒野里，没有早一步，也没有晚一步，刚巧赶上了，那也没有别的话可说，惟有轻轻地问一声：'噢，你也在这里吗？'"听起来很奇妙，也很偶然，其实在缘起说看来，是必然，是经过千万年的因缘积聚，突然有一刻开花结果。所以，我们不用着急，在无限的时间里，我们有的是时间让种子慢慢发芽，开花，结果。但我们又必须非常紧迫，当下就开始，否则，我们永远没有一颗种子可以去发芽，开花，结果。

第四,缘起说意味着因缘和合是在一个系统里发生的,我们每一个人,每一个城市,每一个国家,乃至地球、宇宙,都不是孤立的存在,都在一个相互依存的整体里。用科学家的话说,一只南美洲亚马孙河流域热带雨林中的蝴蝶偶尔扇动几下翅膀,可能两周后的美国得克萨斯州引起一场龙卷风。所以,我们要珍惜各种因缘,慢慢培植各种因缘。

第五,缘起说意味着,我们要达成一件事,一定要从三个方面努力:一是接受过去的因缘结下的果,比如你出生在哪个家庭,你的基本容貌如何,等等,这些是生米煮成的熟饭,你没有办法改变,必须要接纳,必须要在这个果的基础上重新出发。二是必须要找到促使你改变的根本原因,这个原因相当于植物的种子,这个种子就在我们身上,必须要找到它,否则,你就不可能有真正的改变。三是必须从整体上去努力,从系统的角度去改变,仅仅有种子是不够的,还需要阳光、土壤,还需要人们善意的对待……这样一株植物才会长大。

这五点意义领会透了,我们会确立一种随顺因缘的人生态度,用一个基本口诀概括:在因上努力,在果上随缘。但我们很多人弄反了,在果上努力,在因上随缘,所以过得很辛苦,但是并没有什么成长。

这是缘起,再看性空。关于空,我们先来观察两种现象,一种现象是容器装满了东西,不能再装别的东西,只有空了,才能装别的东西。再说另一种现象,我们看天空,浮云飘来飘去;再看大地,地上的人类、事物动来动去。即使这些浮云、人类、事物消失了,或死亡了,大地、天空之间的虚空也一直在那里,就像电影院里的银幕,影像变来变去,但白底的银幕一直就那样,是空的。所以,六祖慧能在《坛经》里说:"世界虚空,能含万物色像。日月星宿,山河大地,泉源溪涧,草木丛林,恶人善人,恶法善法,天堂地狱,一切大海,须弥诸山,总在空中。世人性空,亦复如是。"

这是空的基本含义,我们通过常识就可以理解,而且稍稍思考就会发现两点:一是有和空是一体的两面;二是"有"是不确定的、无常的,但虚空反而是一直存在的。有人作了一个比喻,缘起性空正如拳头与手掌,五根指头合起来成为一个拳头,这叫缘起;放下来变成手掌,这叫性空。因为性空,所以才能缘起;因为缘起,故知本性是空。缘起性空的道理像是很简单,就是一个基本常识,但又很深奥,不太容易用语言讲清楚,要靠意会,更要靠证悟。但不管怎么样,即使我们不太明白,只要反复提醒自己,世界的一切不过是缘起性空,这种意识就会给我们的生活带来深刻的改变。

2009年3月8日，朱清时院士发表了一篇精彩的演讲，即《物理学步入禅境：缘起性空》，我们可以分享一下他演讲的精华，朱清时院士在演讲中举了一个关于苹果的例子："要得到一个苹果，首先要有一粒苹果种子，这是'因'。但是单靠这粒种子也不会长成一棵苹果树，比如把种子放在仓库里，无论放多久也不会长出树来，所以单有因是结不出果的。一定要将种子放在土壤中，并且要有适当的水分、阳光、温度、肥料等的配合，种子才会发芽长大，最后长成一棵苹果树，结出苹果来。这里的土壤、水分、阳光、温度、肥料等，就是'缘'。所以'因'一定要配合适当的'缘'，在因缘和合之下，才能结出果来。"

朱清时院士接着说："由此可见，同样的因遇到不同的缘，结出的果便会很不同。同时，由于缘是由很多条件配合而成的，所以缘会不停地变化。既然缘会影响果，而缘又在那么多条件配合下产生作用，假如某个条件改变了，甚至消失了，那么果便可能不存在。在苹果的例子中，如果天旱缺水，苹果树便会因之枯萎。所以当因缘散尽之时，果就会灭。换句话说，'因缘和合而生，因缘散尽而灭'。"

这是缘起性空的简单解释。归纳起来，我觉得我们只要记住四个最根本的要点，大致就能了解缘起性空。第一个要点，一切现象都是一种缘起，不会是偶然出现的，一定是因缘和合的结果。第二个要点，一切现象一定不是孤立的，而是彼此连接的，牵一发而动全身。第三个要点，一切的现象不仅仅彼此连接，而且互为因果。因果改变，整体也就改变了。第四个要点，一个比喻，就像天空飘过乌云，乌云来了，乌云一定也会消失，缘起缘灭，但天空一直在那里，性是空的。

关于缘起性空，最终还是要落实到我们日常的修行，来改变我们的生命，否则就是空论。所以，最后，我想重复那个口诀：在因上努力，在果上随缘。这是我们提升自己生命的唯一方法。

《金刚经》里用了"一合相"这个概念来描述"缘起"。我们看一段经文：

"须菩提，若善男子、善女人，以三千大千世界碎为微尘，于意云何？是微尘众，宁为多不？"

须菩提言："甚多，世尊。何以故？若是微尘众实有者，佛即不说是微尘众。所以者何？佛说微尘众，即非微尘众，是名微尘众。世尊，如来所说三千大千世界，即非世界，是名世界。何以故？若世界实有者，即是一合相。如来说一合相，即非一合相，是名一合相。"

"须菩提，一合相者，即是不可说。但凡夫之人贪著其事。"

翻译过来就是：

"须菩提，如果有善男子、善女人，把三千大千世界碾碎成微尘，你有什么看法？这些微尘是不是很多？"

须菩提说："很多，世尊。为什么呢？如果这些微尘都是真实存在的，佛就不会说微尘很多。为什么呢？佛说微尘很多，其实并非微尘很多，只是一个假名的微尘而已。世尊，如来所说的三千大千世界，也是虚幻不实的，只是假名为三千大千世界而已。为什么呢？如果我们把这个世界看成实有的，那么，它不过是很多微尘积聚而成的所谓整体。这个整体本身并没有独立的自性，因此并非实在的整体，只不过名为整体而已。"

"须菩提，这个积聚而成的整体，实际是无法言说的。但一般的凡夫不明白这个道理，所以才会对这样虚幻的整体执着。"

这一段经文，释迦牟尼佛意在破除我们对于整体的执着。他从微尘开始说起，说的是物质能不能不断地细分下去，有没有可能细分到不能再分。事实上，按照科学观念，不论是一张桌子，还是一团泥土，如果要细分，是可以无限地细分下去的，总有更微小的物质。

任何一种物质形态，都是某一个时间段特定的因缘组合而成的。一旦因缘改变，物质形态就会改变。所以，释迦牟尼佛说各种微小的微尘，并非真正的微尘，只是名叫微尘。又进一步说，三千大千世界，也只是一个假名，并非真正的三千大千世界。

释迦牟尼佛说，假如这个世界真的实有的话，就是一合相。但如来说的一合相，并非真正的一合相，只是名叫一合相。又说："一合相者，即是不可说。但凡夫之人贪著其事。"这里冒出一个很难解释清楚的名词：一合相。

这个一合相到底是什么，是语言之外的，是无法用语言表达的。但是我们普通人却把它当作真有其实，执着于它。释迦牟尼佛说一合相是不可说的，但这里我不得不说一下，根据经文的意思，这个一合相很像它的字词组成的含义，一就是单个的元素，合就是合起来有联系，形成了某种相。就像你现在因为对《金刚经》感兴趣，这个单一的因素，遇到我的书，又因为你有看书的条件，就有了你在某个空间里看书的情景。但一旦看完，或者中途有什么事，你合上了书，这个看书的情景就不在了，是另外的情景了。

释迦牟尼佛用一合相这个概念揭示了这么一种真相，就是我们浩瀚的无限的宇宙里并没有实在的整体，只是一个一个缘起缘灭、因缘聚合的大大小小的整体，这些整体并没有独立性，相互关联，随时在变化。从一个小小的场景，到一个城市，到一个国家，再到一个星球，都不是独立的整体，而是互为因果的聚合。

现代物理学家从物理的角度描述过这种现象。比如，海森伯说："（现代物理学）无法把世界分成不同组的物体，而只能分成不同组的联系……可以区别的只是某种联系，这对某些现象是最重要的……这样世界就表现为事件的复杂结构，其中不同的联系或者交替，或者覆盖，或者组合，从而决定了整体的结构。"斯塔普说："一个基本粒子并不是独立存在、不可分解的实体。从本质上讲，它是一组向外扩展到其他事物的关系。"

这种聚合的整体，你可以把它看成一个实体，但它是一个无常的实体，它依赖于相互的联系，联系链上任何一个细微的元素改变了，这个整体就变了。无时无刻不在变动之中。所以，释迦牟尼佛说你无法去说，你还没有开口，它就已经变化了。

世界的这种不可言说性，现代的物理学家也深有同感。奥本海默说："要是问我们电子的位置是否保持不变？我们回答'不'；要是问我们电子的位置是否随着时间改变？我们回答'不'；要是问我们电子是否静止？我们必须回答'不'；要是问我们电子是否在运动，我们也必须回答'不'。"海森伯说："我非常想用一般性语言去描述原子的内部，但是我不能。"

这两段话的表述方式是不是和《金刚经》里的表达方式很像？说不上是谁影响谁，只能说如来一直在，人们从不同的方向，最终都可以达到如来。当然，按照《金刚经》这一段的思路，存在不过是一合相，我们不可能回到一个所谓的整体中，假如我们可以回去的话，只能回到我们的"觉知"，回到能够觉知一合相、觉知缘起性空的那颗心。然后，透过觉知，达到我们内心的真正觉醒。

修心法则 9
每一种观看都用心在看

前面我们讲了把问题还原为发心,把个体还原为系统,把困境还原为生长,把假象还原为真相,把名相还原为事实,把存在还原为缘起。当我们把存在还原为缘起,就能做到用心去看,反过来说,当我们看什么都是用心在看,那么,就能把存在还原为缘起,见诸相非相。那么,怎样用心去看呢?《金刚经》里提供了一种很简单的方法,我们看一段经文:

"须菩提,于意云何?如来有肉眼不?"

"如是,世尊,如来有肉眼。"

"须菩提,于意云何?如来有天眼不?"

"如是,世尊,如来有天眼。"

"须菩提,于意云何?如来有慧眼不?"

"如是,世尊,如来有慧眼。"

"须菩提,于意云何?如来有法眼不?"

"如是,世尊,如来有法眼。"

"须菩提,于意云何?如来有佛眼不?"

"如是,世尊,如来有佛眼。"

"须菩提,于意云何?如恒河中所有沙,佛说是沙不?"

"如是,世尊,如来说是沙。"

"须菩提,于意云何?如一恒河中所有沙,有如是沙等恒河,是诸恒河所有沙数佛世界,如是,宁为多不?"

"甚多,世尊。"

佛告须菩提:"尔所国土中,所有众生,若干种心,如来悉知。何以故?如来说诸心皆为非心,是名为心。所以者何?须菩提,过去心不可得,现在心不可得,未来心不可得。"

我们将肉眼、天眼、慧眼、法眼、佛眼这五眼能照见的诸相带入这段经文中,来看这段经文的大意:

"须菩提,你认为如何?如来有能够见到一般色相的肉眼吗?"

"是的,世尊,如来有肉眼。"

"须菩提,你认为如何?如来有能够见到很远很广很细微事物的天眼吗?"

"是的,世尊,如来有天眼。"

"须菩提,你认为如何?如来有可以见到万法空相的慧眼吗?"

"是的,世尊,如来有慧眼。"

"须菩提,你认为如何?如来有可以见到一切法门实相的法眼吗?"

"是的,世尊,如来有法眼。"

"须菩提,你认为如何?如来有照破诸法实相而慈心观众生的佛眼吗?"

"是的,世尊,如来有佛眼。"

"须菩提,你认为如何?像恒河中的所有沙粒,如来说它们是沙吗?"

"是的,世尊,如来说是沙。"

"须菩提,你认为如何?如果一沙一世界,那么像每一颗恒河的沙粒都是一条恒河,这么多恒河的所有的沙都代表一个佛世界的话,如此,佛世界算不算多?"

"很多,世尊!"

佛陀告诉须菩提:"如你刚才所说,佛眼可摄一切眼,一沙可摄一切沙,在诸佛世界中的一切众生,所有种种不同的心，佛也是完全知晓的。为什么呢？如来说的这种种心皆不是真实不变的心，只是一时假名为心而已。为什么这样说呢？须菩提，过去之心是不可得到的，现在之心也是不可得到的，未来之心也一样是不可得到的。"

这一段讲的，就是如何观察？怎么观察呢？一个是眼睛层面的观察，一个是心性层面的观察。我们先看眼睛层面的观察，佛陀和须菩提的问答中讲到了肉眼、天眼、慧眼、法眼、佛眼这五种眼睛。其实是提醒我们，任何时候，我们看事物，用肉眼看，看到的是各种事物的形状。这是不够的，还要用天眼看，能够穿透障碍物，看到背后的东西，最典型的是中医能通过望闻问切看到人的内脏，还有经络。但天眼还是不够的，我们要用慧眼去看，能看到缘起缘灭，比如，看到生，同时能够看到死。但慧眼还是不够的，我们还要用法眼去看，看透二元分离现象后面本源的东西，比如，看到生，不仅同时看到了死，更看到了"不生不死"。停留在法眼上还不够，还要用佛眼去看，看到了世间的种种，也看到世间种种最究竟的本来样子，看到一切的一切，一切都很圆融，又能自在无碍。

《法华经》里有讲清净的眼睛能够看到一切。"是善男子、善女人，父母所生清净肉眼，见于三千大千世界内外所有山林河海，下至阿鼻地狱，上至有顶；亦见其中一切众生，及业因缘果报生处，悉见悉知。"我们可以借助《法华经》中的这段经文，来理解上面所讲的《金刚经》经文。

一般你只能看到几百米以外的人和物，如果抬头，能够远远地看到日月星辰，但是，如果按照《法华经》所讲的佛法去修行，你的眼睛就能看到三千大千世界，看到所有的山林河海，下能看到很深很深的地狱，上能看到有形世界的最顶端，还能看到众生在做什么，在想什么，还能把他们的因缘果报、他们的转世轮回之处，看得清清楚楚。

当我说我看见了一个人，看见了一朵花，我们会因为对象的不同而有不同的情绪反应。这只是看见，佛陀所说的"看见"，实质是"穿透"。因为佛法的指引，你的眼睛具有穿透的力量，当你看一个人的时候，会看见他外貌背后的东西，所以你能一下子把这个人看透了；当你看到山河大地的时候，能洞见世间万物，所以你能一下子把世间看透了；当你仰望星空的时候，能照见宇宙众生，所以你能一下子把宇宙看透了。

当我们蒙昧的时候，觉性还没有开启我们的心灵，我们虽然看到了周围的事物，但其实我们只是盲目的人，我们看到人就是人，看到山就是山，看到什么就是什么……

然后我们的情绪就会随着对象而变化。如果你的眼睛是清净的,你能看到一切的一切,能看到一切是什么,还能看到一切不是什么,能够看到一切的现在,同时也能看到过去、未来。就像看见一个人,刹那间他的命运已经在你的眼里呈现,他的生与死已经在你的眼里呈现,只是刹那一瞥,一切的秘密都无法逃过你清净的眼睛。

清净的眼睛看到一切,一切都是清澈的。拥有清净的眼睛的人,能够看透一切,就像一个观察者,一个若即若离的旁观者,置身其中,又抽离其外。所以,只是在看,心不会散乱。只是在看,只是明白了一切的秘密,然后,喜乐充溢,如此而已。

再看心性层面的观察。其实是接着佛眼而来的。释迦牟尼佛说,众生有各种各样的心,如来都知道。然后他讲了一句非常著名的话:"过去心不可得,现在心不可得,未来心不可得。"过去已经过去了,当然心不可得;未来还没有来,当然心也不可得。现在还在,为什么心也不可得呢?因为现在的心在虚妄分别里,所以,也不可得。

关于过去心、现在心、未来心,禅宗里有一个著名的公案,讲的是德山宣鉴。德山宣鉴挑着一担经书南下,在湖南境内遇到一个卖饼的老婆子,便向老婆子买点心。老婆子问他:"和尚你挑的是什么书?"德山宣鉴回答:"《金刚经》。"老婆子就说："我想问你一个问题，如果你回答出来，我就把我的点心布施给你，如果你回答不出来，你就去别的地方买吧。《金刚经》里说，过去心不可得，现在心不可得，未来心不可得。不知道你要点哪一个心？"

德山宣鉴一下子蒙了，不知道怎么回答，就挑着担子去了龙潭和尚那里。龙潭和尚说："不急，到晚上再告诉你。"到了晚上，很黑，龙潭和尚点了一根纸烛给德山宣鉴照路，当德山宣鉴伸手去拿那根纸烛时，龙潭和尚突然把火吹灭了。就在火灭的刹那，德山宣鉴明白了一切，也明白了如何回答那个老婆子的问题。于是，他对龙潭和尚倒身就拜。

灯燃即见物，灯灭即迷茫，只是眼识的因缘见灭。灯光的有无，只决定所见到对象的现灭，见物闪现是见，见物消逝是见，即使只看到一片黑暗也是见，这个见就是"见性"的见。也就是说，超越见与不见的对立之上有一个决定着能见与所见的自性本体。所以，燃灯、吹灯交替的刹那，使德山宣鉴在明暗的变换中，见到了自性。纸烛灭了，德山宣鉴的心性之灯却通明地照耀起来。

不论从"眼"的层面来看，还是从"心"的层面来看，都是从一个很高远的角度看我们的生活。所谓"过去心不可得，现在心不可得，未来心不可得"，是在启示我们找到"心之所以动"的原动力，然后回到那个寂静的源头。讲到"心之所以动"，我就想到六祖慧能，当年他在广州法性寺（现名光孝寺）听到两个和尚在讨论，到底是风在动，还是幡在动？慧能说了一句："风没有动，幡也没有动，是你的心在动。"《金刚经》讲的就是心如何动的问题。心如何动，具体又体现在如何看，如何感觉这样一些日常的行为之中。《六祖坛经》里记载的六祖和弟子神会的对话，我们可以通过这个故事解读《金刚经》里的五眼观察法。慧能的理解非常朴素。

有一个僧人叫神会，他是襄阳人。他从远方来曹溪参礼。一次，神会问："和尚您坐禅时，还看得见看不见？"

慧能起身，打了神会三下，问："我打你，痛还是不痛？"

神会回答："既痛又不痛。"

慧能便说："那么我也是既看得见又看不见。"

神会问："什么叫既看得见又看不见？"

慧能回答："我所看见的只是自己的过错，看不见的是他人的过错好坏。所以说既看得见又看不见。你说的既痛又不痛是什么呢？你假如不痛，就和无情木石一样了；假如痛的话，又和凡夫俗子一样，会产生怨恨的心理。神会，你过来。见与不见，是两种对立的立场；痛与不痛，是生灭的过程。你连自己的本性还没有觉悟到，就敢来卖弄！"

神会行礼跪拜，悔悟自身的同时感谢慧能的指教。

慧能接着说："你自己心里迷乱，找不到本性，就要向那些觉悟者请教。如果你自己悟解了，找到自己的本性了，就按照领悟的佛法修行。你自己执迷，看不到自己的本性，却来问我看得见看不见。即使我看不见，也无法取代你的看不见。你自己看得见的话，也无法代替我来认识我的本性。为什么不自己修行，自己去认识自己的本性，却要来问我能不能看见呢？"

慧能把五眼观察简化为看得见的，只是自己的过错；看不见的，是别人的一切罪过。他把关注点一下子聚集在了自己身上。这是中国禅宗的特色，简单、生活化，让一般人很容易就可以去做。

修心法则 10
每一个念头都随心而动

前面一章我们讲了用心在看。当我们用心在看的时候，就能做到"每一个念头都随心而动"，就可以在人生各种选择面前，做到听从内心的声音。当然，也可以反过来说，当我们每一个念头都能随心而动，我们就能看什么，都是用心在看。关于每一个念头都随心而动，《金刚经》里有一句很有名的话，叫"应无所住而生其心"。我们看看这句话所在的那段经文：

  佛告须菩提："于意云何？如来昔在然灯佛所，于法有所得不？"
  "不也，世尊。如来在然灯佛所，于法实无所得。"
  "须菩提，于意云何？菩萨庄严佛土不？"
  "不也，世尊。何以故？庄严佛土者则非庄严，是名庄严。"

"是故,须菩提,诸菩萨摩诃萨应如是生清净心,不应住色生心,不应住声、香、味、触、法生心,应无所住而生其心。须菩提,譬如有人,身如须弥山王,于意云何?是身为大不?"

须菩提言:"甚大,世尊。何以故?佛说非身是名大身。"

这段经文的大意为:

佛问须菩提:"你有怎样的看法?从前如来在燃灯佛那里,有没有得到什么成佛的妙法呢?"

"没有,世尊。如来在燃灯佛那里,实际未得到任何妙法。"

"那么,须菩提,你有怎样的看法?菩萨有没有庄严清净佛土呢?"

"没有,世尊。为什么呢?因为所谓庄严清净佛土,并非胜义中存在实有的庄严,不过是庄严的外在名相罢了。"

"因此,须菩提,诸位菩萨应该这样产生清净的心:不应当执着于色上产生的心念,也不应当执着于声、香、味、触、法这些外尘产生的心念,应当对存在的一切都不滞留，不执着而心念流淌。须菩提，比如有个人，身体像须弥山那样高大，你有怎样的看法？你说这样的身体是不是很高大？"

须菩提回答："世尊，是非常地高大。为什么呢？佛所说的并不是实有的身体，也就是离开了身体的假相，证悟得不生不死、不增不减的法身，姑且叫作大身而已。"

这段经文的前面一段，佛陀讲了不要执着于手段。这一段，更进一步，重复了前面无所得的意思，说自己在佛法上"无所得"，更加直接说自己在燃灯佛那里并没有得到什么佛法。这确实是一个颠覆我们一般人认知的说法，就好像你到一个很有名的老师那里，学了很多年，毕业了，那个老师还对别人说你学习非常好，学到了很多东西，但是你自己说其实什么也没有学到。这让人怎么理解呢？

燃灯佛是最古老的佛，释迦牟尼佛曾经在燃灯佛那儿修行。燃灯佛授记释迦牟尼佛在将来会成为佛。但现在，释迦牟尼佛说自己在燃灯佛那儿并没有得到什么佛法。那么，释迦牟尼佛又怎么会成佛呢？他在讲的又是什么呢？让人觉得很玄，也不知道怎么去把握。

接下来，突然有一个很细微的转折，问菩萨有没有庄严清净佛土呢？回答是菩萨并没有庄严清净佛土，让这个世界变得清净，因为菩萨所说庄严，即非庄严，是名庄严。这里用了三句义的句式，前面已经讲过了。提醒我们所有的名相都是一个假名。前面说在燃灯佛前并没有得到佛法，是一个很彻底的否定，接着又说菩萨所说庄严，即非庄严，是名庄严。仔细体会一下，很奇妙的思维方式，又否定又肯定，否定的同时在肯定，也可以说是既不肯定，也不否定。

怎么样能够同时做到又肯定又否定？有一种非常实在的修行的方法，就是如何修清净心的方法。释迦牟尼佛说，各位大菩萨，应该这样修清净心，应该不执着于色、声、香、味、触、法这些外尘生起的各种心念。归结为："应无所住而生其心。"这是《金刚经》里最关键的几句话之一。当年慧能就是听到这句话才觉悟的。无所住，就是对一切不执着；不执着，不是心不动了，像一潭死水，而是心还在动，心念还在活泼泼地流淌，但是没有任何成见，没有任何停留，没有任何占有欲，更没有分别心。

如果从生活哲学的层面看，"应无所住而生其心"，指的是不要被外物和欲望所奴役。这种思想在古代中国、古希腊都有人提出，不同的是解决的方法，例如老子的办法是"不见可欲"，凡是能够引起欲望的东西都尽量不要去看、听、品尝，那么就可以不执着了。比如一个漂亮女人走过你面前,你最好闭上你的眼睛,因为没有看到,也就不会激起你的欲求,当然也就不会有烦恼了。

当然,不同的宗教思想流派在面对外物的诱惑时,也有不同的思想和处理方法。在面对同样的情境时,犹太教教士不会闭上眼睛,他会看着,并且赞叹,然而他赞叹的不是那个漂亮女人,而是上帝,因为上帝创造了漂亮女人。他把欲望转化成了对上帝的仰慕。

这两种方法在某种程度上是一样的,都是用压抑、克制来解决问题。如果从心理学的层面看,压抑、克制并非不执着,而是另一种执着。因为还没有放下,所以需要压抑、克制。如果放下了,就不需要闭眼睛,也不需要一个上帝来作为中介。

佛陀所说的不执着,其实是放下。怎样才是放下?"应无所住而生其心",大意是对存在的一切不滞留,不执着而心念流淌。记得木心曾经说过一句话:"常以为人是一种容器,盛着快乐,盛着悲哀。但人不是容器,人是导管,快乐流过,悲哀流过,导管只是导管。各种快乐悲哀流过流过,一直到死,导管才空了。疯子,就是导管的淤塞和破裂。"这句话在一定程度上用文学的语言解读了"应无所住而生其心"。

"应无所住而生其心",这句话在《金刚经》里只出现了一次，却把放下、不执着的含义说得清清楚楚。难怪这句话曾经启发了岭南的樵夫慧能，驱使他立即离弃俗世，走上一条彻底的灵的道路，成为禅宗的一代宗师。"应无所住而生其心"中的"生"字，透露出无限的生机、活泼泼的气息。那颗不执着的心并非死寂的、压抑的，而是生机勃勃的、活泼泼的。

慧能有首偈，写出了对于"应无所住而生其心"的理解。慧能的偈是对另一个和尚的回应，那个和尚叫卧轮，写了一首偈："卧轮有伎俩，能断百思想，对境心不起，菩提日日长。"慧能一看，就回了一首："慧能没伎俩，不断百思想，对境心数起，菩提作么长。"毫无疑问，慧能的偈就对应《金刚经》里的"应无所住而生其心"。如如不动，不起心动念，不是什么都不想，什么都不想就和死人一样了，而是"应无所住而生其心"。

禅宗流传的一个故事，反映了这种理念。有一个老婆婆供养了一位禅师20年，老婆婆常常让一个妙龄少女给禅师送饭。有一天，老婆婆嘱咐少女娇媚地抱住禅师，问他："我这样抱着你，你感觉怎么样呢？"少女照做后，禅师一本正经地说："枯木倚寒岩，三冬无暖气。"意思是我毫无感觉，就像枯槁的树木靠在寒冷的石头上，你无论再抱多久，我也不会动心。少女回去后将禅师的话告诉了老婆婆。按理，禅师这样做说明他修为了得，应该得到奖赏。但出人意料，老婆婆大骂20年间只养了个俗汉，就把禅师赶走了。那么，这个禅师应当怎么做呢？我想了很久，没有答案，好像明白了，又没有办法说出来，仿佛是做也不对，不做也不对。但按照禅宗的说法，我想了很久就已经错了，真正的反应是不需要考虑的，是当下本性的一个反应。这种反应肯定不是欲望的回应，但也不是如那个禅师一般刻意不去反应。那应该如何反应呢？

讲到这里，我想到了另一个很有名的禅宗故事，说的是一对师徒到了河边，遇到一个女人，女人无法过河，师傅就背着她过了河。徒弟很困惑：一个修行的人怎么能够去接触女人的身体呢？走了一段路后，他终于忍不住质问师傅为什么背那个女人。师傅的回答是："我是把她背过了河，但过河以后我就把她放下了，怎么你却背着她没有放下呢？"

这两个禅宗故事，让我想到《大智度论》里的一个说法。我想先说明一下，《大智度论》里的说法是严格限制在个人的佛法修行中的，不是在谈论公共话题，否则会引起误解。《大智度论》里说，漂亮女人当前，如果是一个淫荡的男人，会觉得她很美妙；如果是一个女人，会嫉妒她，会觉得她讨厌；如果是一个修行者，会看到她的各种缺点，透过不净观觉悟。漂亮女人就是那个漂亮女人，但不同的人会有完全不同的反应。《大智度论》的有趣在于，最后的假设是，如果那个漂亮女人的内心是清净的，那么，前面说的三种人看到她也就没有什么不同的想法了，都只是清净。这里是要告诉我们：你如果彻底地放下、不再执着，得到彻底的清净，你就不会成为别人的对象。漂亮女人不只是一个客体，她也可以成为主体。也许更深的含义是：如果彻底放下，就不再有什么主体与客体的分别。

"应无所住而生其心"，如果细细品读，你一定会感受到这句话里流溢着自由的气息，以及生命的律动，是一句充满着诗意的话。心是活泼的，是生动的，因为觉知到了一切的形形色色。一切的情感思绪，一切的理念意识，一切的一切，都经过心的反映和观照，像水流过，像风吹过，不会黏滞，不停留，不痴迷，不贪婪，不感到任何不愉悦的情绪，不受一切的束缚。每一个念头都随心而动。

修心法则 11
生命即放下

假如我们做到了用心观看，随心而动，我们的生命就会松弛，我们就能够不断地放下。当然，也可以反过来说，假如我们的生命不断在放下，我们就会随心而动，就会活得越来越轻松。

什么是放下呢？放下这个词，我们现在经常用，是我们常用来安慰自己的词，可以说是一个很鸡汤的词。确实，我们在日常生活中背负了太多的东西，所以，要学习放下。当我们把背负的东西放下，就会感到轻松。所以，要经常放下，不要抓住了就不肯放手。抓住了就不肯放手，好像是人类的一种通病，我们拥有的东西逐渐成了束缚我们的牢笼。放下这件事情，说起来很容易，做起来很难，很难。

比如，现在高考，很多人在开导家长和考生，放下吧，不要计较考得上考不上，读不读大学没有关系，读名牌大学还是读一般的大学也没有关系。对于高考，要放下，要看开点。

但事实上，像乔布斯、比尔·盖茨、马云那样的人，在人群里屈指可数，很少很少。这些少数的天才或运气很好且心性极佳的人，在什么环境里都能开出花。但是，我们绝大多数人都很普通，运气还很一般，上不上大学、上名牌大学还是一般的大学都很重要。你未来过得好不好，几乎就从你考上什么大学开始。怎么能够不在意高考呢？怎么能够放下呢？

我曾看到过一句话："人最强大的时候，不是坚持，而是放下的时候，当你选择腾空双手，还有谁能从你手中夺走什么呢？"这种话，听的时候好像很轻松，也很有道理，但是经不起推敲，并没有实际的意义。放下，是不是就是腾空双手呢？是不是就是让自己一无所有呢？是不是就是放弃努力呢？

在我看来，放下，并不是放弃努力，也不是简单地腾空双手。这里，我先给大家讲一个故事。有人问布袋和尚，什么是真理？布袋和尚微笑着放下布袋，叉手站立着。那个人又问，有比这更好的真理吗？布袋和尚背起布袋，撒腿就跑。

布袋和尚什么也没说，不过，我领会了他的意思：真理并不是什么玄虚的理论,而是在日常生活里随时放得下,拿得起。在布袋和尚的演绎里,放下和拿起,是一体两面。只有努力拿起,才能放得下;只有有勇气放下,才能拿得起。

讲到这里,我想起了阿难和大迦叶之间的一段对话。阿难问大迦叶:"当初佛祖除了传给您金襕袈裟,还向您传授了什么深奥的道理吗?"大迦叶叫了一声"阿难",阿难说:"师傅我在啊。"大迦叶就说:"把门口的旗杆放下。"

为什么要把门口的旗杆放下来?大迦叶要阿难放下的,不是他手中的什么东西,而是门口的旗杆。门口的旗杆是什么呢?大迦叶当然不是要阿难真的把门口的旗杆放下来,他要阿难放下的其实是各种标签。他告诉阿难的,是不要被世间的各种标签带着走。

再讲一个故事。有一个人到了佛陀面前,左右手分别举着合欢花和梧桐花,想要供养佛陀。佛陀喊了一声那个人的名字,那个人答应了一声,佛陀就说:"放下吧。"那个人就放下了左手的花。佛陀又喊他的名字,说:"放下吧。"那个人又放下了右手的花。佛陀又喊了他的名字,说:"放下吧。"那个人很疑惑,说:"我已经两手空空了,还能放下什么呢?"佛陀就说:"我不是让你放下花,而是让你放下内六根、外六尘、中六识，当你把这些统统放下，到了没有什么可以放下的地步，你就超越了生死。"

释迦牟尼佛让那个人放下的，是内六根、外六尘、中六识。什么是六根、六尘、六识呢？简单地说，就是我们存在的三个层面。

之所以有这个世界，之所以有"我"，是三个层面的聚合作用。生理层面，有六根，眼、耳、鼻、舌、身、意。物理层面，有六尘，和六根相对应的物理世界：色、声、香、味、触、法。心理层面，有六识，眼识、耳识、鼻识、舌识、身识、意识。在佛教里，这三个层面叫十八界。

当释迦牟尼佛说你要放下六根、六尘、六识时，他的意思是你要放下这个世界。确切地说，你要放下对这个世界的执念。《金刚经》讲的就是放下对这个世界的执着。要放下执着，首先要放下对各种现象的执着，同时要放下对各种观念的执着。《金刚经》讲的就是如何破除对妄相和妄念的执着。而之所以放不下，有执着，是因为我们执着于自我意识，以为有一个固定的主体的我。因此，要做到彻底地放下，首先要放下自我意识。我们来看一段经文：

"须菩提,于意云何?汝等勿谓如来作是念:我当度众生。须菩提,莫作是念!何以故?实无有众生如来度者,若有众生如来度者,如来则有我、人、众生、寿者。"

"须菩提,如来说有我者,即非有我,而凡夫之人以为有我。须菩提,凡夫者,如来说即非凡夫,是名凡夫。"

这段经文的大意是:

佛再次询问:"须菩提,你觉得如何?你不要认为如来会有这样的念头:我应当去度化众生。须菩提,不要如此心生执念。为什么?因为实在是没有如来可度的众生,假如有众生让如来来度化,那么如来就落入自我、他人、众生和寿者相状的执着之中。"

"须菩提,我虽口称有我,实质上并不是真实的我,但一般的凡夫却以为有一个真实的我。须菩提,所谓凡夫,如来说他并非真实的凡夫,只不过假名为凡夫而已。"

这段经文,释迦牟尼佛在解释一个逻辑上的疑问。前面提到要想彻底解脱,就必须发菩提心,在救度自己之前先救度所有的众生。又提到佛即众生,众生即佛。那么,佛要不要救度众生呢?这一段经文解答了这个疑问,释迦牟尼佛说佛当然要救度众生,不仅佛要救度众生,任何修行佛法的人、任何寻找觉悟之道的人,都应当救度众生。

但是,任何救度众生的人都不应当有救度众生的念头。因为一旦有这样的念头,人就会马上着相,有所分别。首先是我要去救度,有我相;其次是救度别人,就会有人相;再次是救度的不止一个人,还不只有人,就会有众生相;最后是救度的念头不断,就会有寿者相。所以,要不起念地去救度众生,不要有我要去救度的念头。

我是关键。所以,释迦牟尼佛说,如来说有我,实则没有我,而凡夫之人以为有我。佛陀的意思是,他自己所说的我,其实是"无我"。

所以,这一段的重点是"无我"。对于自我的执着,是分别心的关键,也是"着相"的关键。因为有自我的意识,才会有种种分别。假如破除了我执,那么,其他障碍就迎刃而解。

"无我"在佛教里,是三个基本原理(三法印)之一,另外两个分别是:无常、涅槃。也有四法印的说法,加了一个苦谛。简单地说,佛陀的基本思想就是四句话:诸行无常,诸漏皆苦,诸法无我,涅槃寂静。大意是所有事物的运行都是有生有灭的,都是变化无常的;各种事物的运行带来的、埋下的都是苦的种子;各种事物的运行并没有一个确定的主体；只有超越生死轮回、安住寂静，才是最终的解脱。

关于无常，关于苦谛，关于涅槃，都比较容易解释和证悟，比较难的是"无我"。据说，唐朝的庞居士听某和尚讲《金刚经》，到"无我""无人"时，他起来提问："座主，既无我无人，是谁讲谁听？"是的，如果说无我，那正在讲和听的人是谁呢？就如此刻，写这本书的人是谁呢？看这本书的人是谁呢？

关于"无我"的修习，也许正是从"我是谁"这样一个问题（存在主义把这个问题加上"我从哪里来，要到哪里去？"当作存在的根本问题）开始的。所有人觉得我就是我，是理所当然的，不用怀疑的。但是，如果我们静心思考，可能会发现"我是谁？"实在是一个难以解答的问题。一个大学生问哲学老师："有一个问题使我苦恼，怎么说呢，有时候我觉得我并不存在。"哲学老师反问了一句："谁觉得你不存在？"学生回答："我觉得。"学生说完马上就逃走了。

有一则网上流传的帖子更加有意思：

> 女人认为自己过得很不如意，于是她自杀了。
> 她准备进入天堂的时候，一个天使拦住了她。天

使问她:"你是谁?"

"我是玛丽·布莱克。"

"我没问你的名字,我问你是谁?"

"我是老师。"

"我没问你的职业,我问你是谁?"

"我是杰克的母亲。"

"我没问你是谁的母亲,我问你是谁?"

"我住在松树街28号。"

"我没问你住哪儿,我问你是谁?"

……

最后玛丽决定回到人间寻找"我是谁"这个问题的答案。

这段对话几乎是《弥兰陀王问经》(《那先比丘经》)中那先和弥兰陀王对话的现代版,弥兰陀王问那先:"什么是那先?你认为头是那先吗?"然后他依次问了身体的各个部分是不是那先,那先都说不是,弥兰陀王就说:"我问得这样仔细,都没有发现任何那先,因此那先只是一个空洞的声音。"那先非常有趣地说明了"我"并不是一个实在的主体,只是一些名色的组合。这是从无常的角度看"我","我"只不过是名色的因缘和合,并非一个绝对的实体。

而在南传佛教典籍《杂尼迦耶》里,佛陀还从苦谛的角度说明这个身体其实并不是"我":"身体(色)不是我。如果身体是我,身体就不会陷入苦,人们就可以说'让我的身体这样,让我的身体那样'。可是身体不是我,所以身体陷入苦,人们不能说'让我的身体这样,让我的身体那样'。"佛陀在指导他儿子修行的时候,最初也是从这个身体不是我开始的,佛陀对他儿子说,假如这个身体是你,就不会让你痛苦,让你痛苦的身体肯定不是你。当然,以此类推,那个让你痛苦的心也不是你。很简单,你怎么会让自己痛苦呢?

佛陀的意思非常清晰,他所说的"无我"指的是,如果我们把身体认作"我",那么为什么这个身体总是让我痛苦?更何况,这个身体即使活一百年,最终还是会消亡。如果我们把心看作我,那么心每一刻都在跃动,完全无法静止下来,一个念头接着一个念头出现,像猴子那样跳来跳去,哪个念头是我呢?所以,并没有一个实在的我。

但是,我确实感觉到了一个我。释迦牟尼佛告诉我们,这个我其实不是真正的我,而是五蕴的聚合。五蕴:色、受、想、行、识。蕴,是积聚。我不过是由色、受、想、行、识积聚而成的。没有一个元素是独立的，都是因缘和合而成的。因此，我们不要执着于由五蕴组成的那个自我。我们要学习观察每一种自我意识的升起和消失，要看着每一个我来了，又走了，比如刚才还是想吃雪糕的我，突然又是想找女朋友一起去看电影的我。

不要执着于我，要"无我"。这是佛学的基本原则。但佛陀在许多地方说你要回到你自己。一帮年轻人在林中去追一名逃跑的女人，正好遇到佛陀，佛陀问他们在寻找什么，他们说在寻找一名女人。然后，佛陀就引导他们："为什么不去寻找你们自己呢？"在《长尼迦耶》里，佛陀对阿难说："你们要以自己为岛屿而安住，以自己为庇护，不以别人为庇护；以法为岛屿，以法为庇护，不以别人为庇护。"

这和"无我"，好像很矛盾。但是，如果我们贯通了佛陀前后的教诲，就会发现，并不矛盾，而是同一个意思，从不同的角度去说。佛陀在《金刚经》里说："如来说有我者，即非有我，而凡夫之人以为有我。"佛并没有说"我"不存在，佛只是进一步看到，所谓"我"，是一个假名，所有的"我"都是五蕴和合而成，都是有生灭相续的假相。当佛陀说，你要回到你自己，是回到那个能够觉知自己是个假相的自己，回到那个如如不动的清净的自己，回到那个能够觉知到烦恼的自己。

佛陀说"无我"，是在提示我们，我们所执着的那个"我"其实不是真正的我，只是一个有生有灭的"臭皮囊"，只是一堆不断积累起来的"习气"。我们以为身体是我们自己的，因此，不断地努力满足身体的需要。我们身体引起的感觉，主宰着我们的生活，比如冷了我们要穿衣服，饿了要吃饭，等等。我们的各种意念、看法，指引着我们生活的方向。因此，每个人实际上都生活在由身体和意念构筑的牢房里面。

但是，身体只是一具身体，一具不断衰老，直到死亡的形体。仅仅死亡，就足以证明它不是理所当然，也非绝对，更非永恒。因此，为满足身体的需要所作的努力应有一个适当的度，如果生活的目的全然为着满足身体的需要，自我就成了身体的奴隶。名声之类似乎是比较超越性的东西，但是，如果你以为你的名声或职位就是你，也注定会失望，因为名声、职位是建立在别人的看法之上，你自己无法左右。当职位不在或名声消退的时候，留下的就是无边的烦恼和痛苦。至于观念，更非我们自己持有，而是社会透过家庭、学校等赋予我们的，也是透过漫长的文化传统赋予我们的，当然，更是积淀在我们意识里的碎片。

所以，佛陀说，要回到你自己，回到那个不受身体、名位、观念束缚的自己，那个在当下向着无限敞开的自己。那具身体还在，被割破了指头，还是会痛；那个职位还在；那些观念还在。你感觉到那个痛，但同时更观照到那个痛；你处于那个职位，但同时更观照到那个职位；你每一个念头产生时，你都会觉知到，都会观照到。这样，你不会完全服从于你的身体、你的观念。也不是要泯灭你的身体和观念，而是把它们放下，放在大自然之中，放在无限性中，让它们回到根源，回到觉知之中。我是我，同时又不是我，所以，我是我。一旦我们放下对自我意识的执着，一旦我们放下对主体性的妄念，就能像佛陀说的，放下五蕴十八界，变成一个自在的人。

修心法则 12
生命即圆融

前面我们讲到放下，放下对这个世界，以及对自己的各种执念。放下执念之后，我们的生命就会变得圆融。什么是圆融呢？我们读一段经文：

"须菩提，于意云何？佛可以具足色身见不？"

"不也，世尊。如来不应以具足色身见。何以故？如来说具足色身，即非具足色身，是名具足色身。"

"须菩提，于意云何？如来可以具足诸相见不？"

"不也，世尊。如来不应以具足诸相见。何以故？如来说诸相具足，即非具足，是名诸相具足。"

这段经文的大意为：

"须菩提，你意下如何？佛可以依圆满庄严的色身形相来证见吗?"

"不可以,世尊。如来不应该依圆满庄严的色身形相来证见。为什么呢?如来说圆满庄严的色身形相,并非真实不变的色身形相,只是假名为圆满庄严的色身形相而已。"

"须菩提,你意下如何?如来可以依所具备的种种圆满妙相来见证吗?"

"不可以,世尊。如来不应该依种种的圆满妙相来见证。为什么呢?因为如来所说的圆满诸相,并非圆满诸相,只是假名为圆满诸相而已。"

这一段经文的前面一段(《金刚经》法界通化分第十九),讲福报都是空的,释迦牟尼佛估计须菩提会有疑问,如果福报是空的,那么,现在我看到的佛因为在漫长的时间里积累了无数的善因而最后成就的圆满的报身,也是假的,也是不实在的吗?所以,到了这一段,释迦牟尼佛马上就问须菩提:"须菩提,于意云何?佛可以具足色身见不?"

佛教里讲圆满,也叫具足。圆满指的是你在觉悟方面和修行方面都达到极致,从而获得了最完美的身相和处境。一般指十八种圆满。通俗地说,就是没有任何遗憾了,完美无缺了。

须菩提明白佛陀的意思，马上就回答："不也，世尊。如来不应以具足色身见。"首先是"不也"，否定，但接着说"不应"，意思很微妙。佛可以依圆满庄严的色身形相来证见吗？不可以。接着说不应该，把否定的意思稍稍纠正了一下。不完全是"不也"，而是"不应"。我们不应该把圆满庄严的色身形相看作佛。为什么呢？因为佛说的圆满庄严的色身形相，并非真正的圆满庄严的色身形相，只是名为圆满庄严的色身形相而已。

真正的圆满，是没有了缘起缘灭。这里我们要回到《金刚经》的缘起，《金刚经》是为那些发心彻底解脱的人讲的。彻底解脱，就是要摆脱轮回，不再在六道里轮回。摆脱轮回，就是不再有缘起缘灭。那么，所谓的报身，还是有缘起的，有因果的，就是由种种善因积聚而成的，还不是真正的解脱、彻底的解脱，所以，释迦牟尼佛才会说这样的因果聚合的报身，还不是最终的圆满。最终的圆满是超越了因果的，是没有因，也没有果的，就是达摩讲的"净智妙圆，体自空寂"。

但仅仅这样理解还是不够的。为什么释迦牟尼佛要说"如来说诸相具足，即非诸相具足，是名诸相具足"？这句经文肯定的同时否定，否定的同时又肯定，是因为释迦牟尼佛并不认为有一个独立的"圆满"存在，也不认为有一个独立的"无相"存在。《金刚经》的微妙,在于它的道理一环紧扣一环,非常严密,滴水不漏。

《金刚经》讲般若,讲彻底解脱,讲要跳出四相的束缚,要无相,讲无法可得,非常玄妙,但一开头却是平常场景,佛陀显现的也是平常相。释迦牟尼佛的意思是什么呢?是无相也罢,无法可得也罢,并不意味着"凡所有相皆是虚妄",也不意味着存在着另外一个真实不虚的世界。不完全是这个意思。如果勉强用普通人的思路,那么可以说,释迦牟尼佛的意思是,假如有真实不虚的世界,那么我们只能包容我们生存的虚妄世界而达到,通过观照、超越而达到。达到后,我们还是在这个虚妄的世界里。

这一段的圆满,并不是有一个世间之外的圆满,而是我们包容了不圆满之后的圆满。就像我们通常说的,完美存在于对不完美的包容。曾经,有一个人因为事事追求完美,活得很累,于是去请教一位德高望重的禅师。禅师对他说:"这世界是一半一半的。天一半,地一半;男一半,女一半;善一半,恶一半;清净一半,浊秽一半。很可惜,你拥有的是不全的世界。""为什么?""你要求完美,不能接受残缺的一半,所以你拥有的是不全的世界,毫无圆满可言。""那如何能够获得圆满?""学会包容,就会拥有一个完整的世界。"

也就是说，所谓圆满，所谓完美，是建立在三个包容之上：一个是对这个世界的不完美的包容，一个是对他人的不完美的包容，还有一个是对自己的不完美的包容。第一个包容的意思是，你要包容一个完整的世界，对这个世界要宽容，你不能只要幸福，不要不幸，因为幸福是基于不幸而来的。如果你想要彻底的幸福，你就不应该去追求幸福。第二个包容的意思是，对别人要宽容，不要想着去改变别人。第三个包容的意思是，要对自己不可改变的不完美，坦然接受。

但是，有一点非常重要，包容不完美，不是纵容不完美。对于很多通过努力能够改变的不完美，不应该纵容，应当去改变。这是圆融的第一个意思。圆融还有第二个重要的意思，我们先读一段《金刚经》里的经文：

"须菩提，汝若作是念：如来不以具足相故，得阿耨多罗三藐三菩提。须菩提，莫作是念：如来不以具足相故，得阿耨多罗三藐三菩提。须菩提，汝若作是念，发阿耨多罗三藐三菩提心者，说诸法断灭。莫作是念。何以故？发阿耨多罗三藐三菩提心者，于法不说断灭相。"

这段经文的大意为：

"须菩提，假如你有这样的念头：如来不因具足一切诸相的缘故，而证得无上正等正觉。须菩提，你不应当有这样的念头：认为如来不因为具足一切诸相，才能证得无上正等正觉。须菩提，你如果有这样的念头，发无上正等正觉菩提心的人，就会说一切诸法都是断灭空性。你不应当有这样的念头。为什么呢？因为发无上正等正觉菩提心的人，对一切的法不说断灭相，不着法相，也不着断灭相。"

《金刚经》给人的感觉就是从头至尾一直在否定，一直在说什么都是假的。很多人读的时候没有留意到《金刚经》从头至尾都在强调因果报应，也没有留意到这一段经文里的一个重要说法。什么说法呢？就是不要着断灭相。

《金刚经》讲空，讲无相，讲看透一切，那么，一切都不过如此，一切都无所谓，一切都不存在。既然佛说圆满就是不圆满，那么，就没有圆满了。既然佛说，做就是不做，那么，就不做了。

这是一般人，包括一些修行佛法的人，很容易掉进去的坑。这个坑很容易把人带到不讲原则、不求上进的境地，然后，一些似是而非的佛教说法就会成为不讲原则、不求上进的借口。

所以，到了这一段，释迦牟尼佛特别讲了不要着断灭相。不要以为"凡所有相皆是虚妄"，就是所有相都不存在，我们就可以对一切都不在乎。

《华严经》里有一段经文是对《金刚经》里"于法不说断灭相"的完美解读：

> 虽善修空、无相、无愿三昧，而慈悲不舍众生，虽得诸佛平等法，而乐常供养佛；虽入观空智门，而勤集福德；虽远离三界，而庄严三界；虽毕竟寂灭诸烦恼焰，而能为一切众生起灭贪、嗔、痴烦恼焰；虽知诸法如幻、如梦、如影、如响、如焰、如化、如水中月、如镜中像、自性无二，而随心作业无量差别；虽知一切国土犹如虚空，而能以清净妙行庄严佛土；虽知诸佛法身本性无身，而以相好庄严其身；虽知诸佛音声性空寂灭不可言说，而能随一切众生出种种差别清净音声；虽随诸佛了知三世唯是一念，而随众生意解分别，以种种相、种种时、种种劫数而修诸行。

这段经文非常严厉地批评了修行人容易犯的"断灭相"：

有些人修佛，以为证悟了空性，就可以端坐在云端，从此不食人间烟火，但是，佛陀说虽然修证了空、无相及无愿三昧，但还是不舍离众生。有些人修佛，以为证悟了空性，就是对什么都没有分别，从此什么也不做，但是，佛陀说虽然修证了诸佛平等不二的见地，但仍然供养佛；虽然修证了观空智门，却仍然勤奋地积聚福德。有些人修佛，以为已经证悟了空性，已经出离了三界，从此再也不管世界如何，但是，佛陀说虽然远离了三界，却仍然去庄严三界。

有些人修佛，以为已经证悟了空性，已经没有烦恼了，看着别人的烦恼只觉得可笑，但是，佛陀说虽然断除了烦恼的火焰，但还应该怀着悲悯，设法为众生熄灭烦恼。有些人修佛，以为证悟了空性，觉得并没有善恶的究竟分别，连善业也不去做了，但是佛陀说，虽然明白一切的现象不过是梦幻，不过是水中花镜中像，但仍然要随心去做无量差别的善业；虽然知道一切国土都是虚空，却仍要以清净无染的妙行去修饰佛的国土。

佛陀又说虽然知道诸佛的本性是无身，但仍以妙好相去庄严佛身；虽然知道诸佛的声音其实是不可言说的，但仍随顺众生而生出种种差别的清净声音；虽然明白所谓三世不过一念，但仍能随顺众生不同的理解力而分别用种种相，并在时时刻刻于种种劫数中修种种善业。

总之，佛陀的意思是，一个真正的觉悟者领会了真理，但这个真理并非空洞的念头，而是可以落实到世间每一个行动之中的，可以落到实处，用佛陀的话说就是领悟了真理之后还是要回到无量的众生界，进入无量的世界之网中，还是要安住在日常生活里，要有平常心。

也就是说，《金刚经》讲的"凡所有相皆是虚妄"并不是说这个世界不存在，也不是说世间的现象都没有意义。并没有另外一个真实的世界，也没有另外一种离开世间的有意义的生活。另外一个真实的世界，另外一种清净的生活，恰恰就在此时此地，就在这个虚妄的世界里。就在此刻，我写书的这一刻，就在这一刻，你在看书的那一刻。这就是圆融。

修心法则 13
生命即如来

当我们放下，放下对这个世界的执着，放下对他人的执着，放下对自己的执着，我们的生命就会变得圆融，最后，我们的生命就会回到如来。什么是如来呢？在解答之前，我们先读一段《金刚经》里的经文：

"须菩提，若有人言，如来若来若去，若坐若卧，是人不解我所说义。何以故？如来者，无所从来，亦无所去，故名如来。"

这段经文的大意为：

"须菩提，假如有人说如来也是有来、有去、有坐、有卧等相，那么这个人就是没有彻底参透我所说的佛法义理。为什么呢？所谓如来，实在是无所来处，也无所去处，所以才称为如来。"

《金刚经》前面讲"若见诸相非相,即见如来"。一方面,菩萨要做福德,不落于空,在佛学里,佛、菩萨救人于苦难之心叫悲,能够断绝烦恼的智慧叫智;另一方面,对于这个福德,又要不贪著,不执着,不落于有。悲智双运,就可以达到佛的法身,也就是如来。如来就是佛的法身。释迦牟尼佛在《金刚经》里几次讲到不能以这个相或那个相见如来。那么,如来到底是什么样的?到底怎样见到如来呢?前面我们读的这段经文,就是一个回答。释迦牟尼佛说来了的、去了的、坐着的、卧着的等相,都不是如来。如来是无所来处,也无所去处,所以才称为如来。如果仅仅从字面上理解,就是如来没有来去,也没有形相。

什么叫来去呢?我每天去上班,然后下班,我今天去京都,三天后回上海,我们不是每天都在来来去去吗?怎么能说没有来去呢?确实,我们一直有来去,我们一直觉得自己来了,又去了。但是,如果我们安静下来,细细观察这个来去,就会发现,这个来去是相对的。我从上海到京都,站在京都的角度,我是来了。但站在上海的角度,我是去了。来去,是一个相对的不确定的东西。不仅概念不确定,我们的来处,以及我们的去处,其实都不确定。我说去了京都。京都是什么呢?我住的那个酒店是京都吗？我去喝酒的那家居酒屋是京都吗？我散步去的那条鸭川是京都吗？如果再推延开去，十年前，一百年前，一千年前，一万年前，无数年前，十年后，一百年后，一千年后，一万年后，无数年后，现在叫京都的地方是一个什么样的地方呢？

所以，我说去了京都，是去了某种不确定性里。甚至如果你有耐心，像做科学试验那样不断地试验下去、推演下去，你最终会发现，你只是去了一个名叫京都的地方，实际上，你只是去了空无里。

还有更重要的，来去的主体是不确定的。我去了京都。这个我是谁呢？前面我们已经从我的构成谈了无我，这里我们再从我的来处和去处进一步理解无我。我从哪儿来的？简单地回答是父母生了我下来。那么，父母是从哪儿来的呢？父母的父母从哪儿来的呢？最初的人又是从哪儿来的呢？从猴子进化来的？那猴子是从哪儿来的呢？从单细胞生物进化来的。那单细胞生物又从哪儿来的呢？

再想想我要到哪儿去呢？每个人都会死亡，死了之后变成一堆白骨，白骨渗透进泥土，变成微粒，又滋养着某些植物，或成为某些动物的食料，又渗进空气，飞向浩瀚的宇宙。从哪儿来，到哪儿去，可以无限地推演下去，到最后，你除了说从空无中来，到空无中去，找不到别的更确切的表达。

科学家至今仍在探讨我们从哪儿来，到哪儿去。霍金在《时间简史》中写道："今天我们仍然很想知道，我们为何在此？我们从何而来？"科学家会从宇宙大爆炸、黑洞等理论上去试验，去论证。越试验，越论证，到最后能证明的就是虚空和虚无。

在科幻小说中可能会看到这样的猜想，说一个宇航员在黑洞附近逛了几天，地球上过了一千多年。如果他进入黑洞，就完全凝固在时间里了，没有了时间和空间。越过黑洞，他可能到了另外的完全不同的宇宙。20世纪60年代，科学家发现可能存在着一个白洞，即宇宙大爆炸时遗留下来的一些致密物质核。如果我们穿越黑洞，有可能转到白洞而回到宇宙诞生之初的那一刻。

这些科学上的种种猜想，都不过是从另外一个角度说明了时空的虚无。我们从遥远的、浩瀚的、虚无的星空里穿越千万重时间和空间，来到了这个叫作地球的星球，然后一定又要穿越千万重时间和空间，回到最初。

我们来到人间，又离开人间，很像一部电影，只是一些影像从放映机投射到银幕上，我们把银幕上的影像当作了真实的存在。讲到这里，我想起一个故事，葡萄园四面围墙，唯有一小洞。狐狸为了进去，先把自己饿成瘦子。

进了园子，狐狸尽情享受美味，又胖了，出不来，只好又饿了3天，饿瘦了才钻出来。进去时是什么样，出来时还是什么样。人一无所有地来到世上，又一无所有地回去。

所以，六祖慧能让你去思考你出生之前的样子是什么，还让你思考死后会去哪里。出生之前，死亡之后，你的本来面目是什么？不考虑出生之前和死亡之后，人间的生活只是一块非常非常细微的碎片。这块碎片本身变幻不定，必须要回到无限的宇宙才有永恒的安静。

所以，有一种解释是，如来好像来过，其实并没有来。更进一步的解释是，如来，如，不变也；来，随缘也。如是体，来是用。如，是不生不灭，无所从来，亦无所去；来，是随缘显现，森罗万象。打个勉强的比方，虚空是一直在那儿的，云彩是变幻无穷的。但我们一般人把云彩当作真实的东西，执着不放。所以，回到如来做什么呢？如实而来，把实相带给我们。实相是什么呢？就是我们在虚空里的本来样子。这个本来样子，我们来的时候是这样，去的时候也是这样，它就一直在，一直没有改变，也一直没有不变。

这个本来的样子，就是如来，就是佛的法身。一句话，如来如来，不过是要我们不再在生死之间流浪，要回到本原的真如，彻底宁静。

现在我们回头看，为什么《金刚经》里反复说要无"我相"、无"人相"、无"众生相"、无"寿者相"，离一切相，为什么要离一切相，是为了回到如来。一般人最初读《金刚经》的时候，很容易把"见诸相非相"解释成透过现象看到本质，看到生，就看到死。一般情况下，我们一般人之所以执着，是因为看不到死亡这个真相，所以很执着，所以，要修行念死法。

一般人因为面对死亡而对生命的成长有所觉醒，开始省察自己这一辈子到底要做什么。明白这一辈子到底要做什么，也算是世间比较彻底的一种觉醒。但是，我们一定要明白，《金刚经》里的不要执着于四种相，或者说，无相，并不完全是透过现象看本质。死亡也不是究竟的真相，只是一种假相。那么，真正的真相是什么呢？就是《心经》里说的：不生不死。我们只有证悟到"不生不死"，才是最终的解脱。不生不死，是如来的另一种解读。

如何是"不生不死"？也许，物理学里"薛定谔的猫"这个实验对于我们理解"不生不死"有一定帮助。奥地利物理学家薛定谔于1935年提出了这么一个思想实验，设想一个盒子里有一只猫，以及少量放射性物质。放射性物质有50%的概率会衰变并释放出射线杀死这只猫，同时有50%的概率不会衰变，而猫将活下来。

那么，在量子世界里，当盒子处于关闭状态，盒子内的整个系统则一直保持不确定性的波态，即猫生死叠加。猫到底是死是活必须在盒子打开后，外部观测者观测到以粒子形式表现的物质（猫）后才能确定。因此，就出现了这么一种情况：猫既是死的，又是活的。打破了我们惯常的逻辑思维，从另一个维度实证了生死叠加的奇妙状态，也验证了不生不死的量子逻辑。

当然，佛陀在《金刚经》和《心经》里讲的最终的解脱，讲的"不生不死"，并非让我们变成薛定谔的猫，待在一个盒子里"不生不死"。佛陀讲的"不生不死"，并不是让我们逃到另外一个地方，在那个地方像"神仙"一样不生不死。佛陀并不认为我们能够离开世间，去到另外一个乌托邦。佛陀认为，我们最终的解脱是具有出离心，但并不离开世间。我们活在世间，但是既不被生这种现象迷惑，又不被死这种现象迷惑，安于寂静，不再造业，做到"不取于相，如如不动"。"不取于相，如如不动"，会把我们带向不生不死的最终解脱。所以，《金刚经》的最后，是这么一段经文：

> "须菩提，若有人以满无量阿僧祇世界七宝持用布施；若有善男子、善女人发菩提心者，持于此经乃

至四句偈等，受持读诵，为人演说，其福胜彼。云何为人演说？不取于相，如如不动。何以故？一切有为法，如梦幻泡影，如露亦如电，应作如是观。"

佛说是经已，长老须菩提及诸比丘、比丘尼、优婆塞、优婆夷，一切世间天、人、阿修罗，闻佛所说，皆大欢喜，信守奉行。

这段经文的大意为：

"须菩提，如果有人用遍布无数世界的七种珍宝来布施，而另有善男子、善女人发了殊胜的无上菩提心，受持、读诵并且为别人解说这部经书，哪怕只是其中四句偈，所获得的福德远远胜过前面那个用遍布无数世界的七种珍宝来布施的人。那么，应当如何为别人解说此经呢？那就应当不执着一切相，安住于一切法性空而不为法相分别所倾动。为什么呢？一切世界的有为诸法，皆如梦如幻、如泡如影、如露也如电，应作如是的观照。"

佛陀说完这部《金刚经》，须菩提和其他的比丘、比丘尼，以及在家修行的男女居士们，世间的天神、人、阿修罗等，听闻佛的说法，无不心生欢喜，信守奉行如来所说的法。

这是《金刚经》的最后一段，很短，但意蕴深远。一开始重复了一个意思,就是为他人宣讲《金刚经》,哪怕只是其中的四句偈,所得的福德大到难以想象。那么,应该怎样为他人讲《金刚经》呢?释迦牟尼佛的回答是:"不取于相,如如不动。""不取于相,如如不动",是《金刚经》的一句总结。《金刚经》讲的道理,可以说都包含在这句话里面了。当然,我这样讲,很不像《金刚经》的风格,用《金刚经》的思路,《金刚经》讲的道理可以说包含又没有包含在这句话里面。

"不取于相"的"相",指的是一切相。《金刚经》所要破除的,一是妄相,有形的相;二是妄念,无形的相。释迦牟尼佛回答须菩提的问题,第一次的回答颠覆了这个世界上一切的"相",认为不过是"妄相";第二次的回答颠覆了这个世界上一切的"念",认为不过是"妄念"。所谓不取于相,就是对一切的相,有形的、无形的,都没有取舍,没有分别心。

"不取于相"的"取",就是十二因缘里的"取",十二因缘中的第九种。有贪爱,就会有获取。贪爱一个女子,就要去追求她,就要得到她;贪爱一个职位,就要去追求它,就要得到它;凡是我们贪爱的东西,我们都想得到,都想拥有。这就是取。取的本义是拿,我们不断地向着外界拿取我们贪爱的东西,不断地索取,以为拿得越多就越富有，越富有就越成功，越成功就越幸福。有取就有舍，所以，《圆觉经》里说："种种取舍，皆是轮回。"

"不取于相"，就是切断了轮回的动力，真如本性就能显现，所以，如如不动。如如，就是真如本性。"不取于相，如如不动。"大意是如果我们对一切没有取舍，没有执着，我们就不再受轮回之苦，我们就安住在真如本性里。这是一个人所能达到的最高境界，也是最终的解脱。

那么，为什么我们要"不取于相，如如不动"呢？也就是为什么要对一切的一切不执着呢？释迦牟尼佛用了一首偈作了一个总结："一切有为法，如梦幻泡影，如露亦如电，应作如是观。""一切有为法"中的"有为"，不同于我们一般人理解有为青年中的"有为"，佛教的有为不是有所作为，而是另外一个意思，讲的是有因有果，有生有灭。有为法，就是一切因缘和合而成的现象，我们这个世间就是有生有灭、缘起缘灭的，我们的一切意念和行为都在造成业力，所以，有为法有时也叫世间法。有为法是靠不住的，因为凡是因缘聚合的一切，都像释迦牟尼佛说的像梦、像幻术、像泡沫、像影子、像露水、像闪电。

当我们如实去观察像梦、像幻术、像泡沫、像影子、像露水、像闪电的世界，我们就能走上解脱之路。

明代作家张岱曾说："鸡鸣枕上，夜气方回，因想余生平，繁华靡丽，过眼皆空，五十年来，总成一梦。"生命不可重复，从诞生那一刻起，就向着死亡前行，每个阶段所建立的东西都在回忆里，变成影像，似真似幻。而在弗洛伊德看来，梦是潜意识的泄露，潜意识里希望的事情和恐惧的事情都透过梦加以显现。所谓希望和恐惧，其实是一个硬币的两面。

恐惧意味着我们害怕失去，希望意味着我们渴望得到。没有得到的时候我们希望得到，得到以后我们害怕失去。因此，我们总是生活在希望和恐惧之中，因着希望和恐惧，我们的心制造了许多幻象，然后我们为这许多幻象而劳碌。

关于人生如梦的比喻，哲学和文学里非常多。关于影子，柏拉图有一种说法，柏拉图在《理想国》第七卷里讲了一个关于洞穴的故事，他"让我们想象一个洞穴式的地下室，它有一长长通道通向外面，可让和洞穴一样宽的一路亮光照进来。有一些人从小就住在这洞穴里，头颈和腿脚都绑着，不能走动也不能转头，只能向前看着洞穴后壁。让我们再想象在他们背后远处高些的地方有东西燃烧着发出火光。在火光和这些被囚禁者之间，在洞外上面有一条路。沿着路边已筑有一堵矮墙。矮墙的作用像傀儡戏演员在自己和观众之间设的一道屏障，他们把木偶举到屏障上头去表演"。柏拉图假借苏格拉底的口说，这些人其实就是我们自己，就是这个世间的人类，囚徒似的活着，看到那些木偶的影子，却以为是真实的。

那么，他们如何才能认识真实的世界呢？柏拉图进一步假设，"其中有一人被解除了桎梏，被迫突然站了起来，转头环视，走动，抬头看望火光，你认为这时他会怎样呢？他在做这些动作时会感觉痛苦的，并且，由于眼花缭乱，他无法看见那些他原来只看见其阴影的实物"。然后，他慢慢习惯光明，习惯在光明里观察一切。"首先大概看阴影是最容易的，其次要数看人和其他东西在水中的倒影容易，再次是看东西本身；经过这些之后他大概会觉得在夜里观察天象和天空本身，看月光和星光，比白天看太阳和太阳光容易。""他大概终于就能直接观看太阳本身，看见它的真相了，就可以不必通过水中的倒影或影像，或任何其他媒介中显示出的影像看它了，就可以在它本来的地方就其本身看见其本相了。""接着他大概对此已经可以得出结论了：造成四季交替和年岁周期，主宰可见世界一切事物的正是这个太阳。"

因此，在柏拉图和释迦牟尼佛眼里，人类的生活其实处于一种暗昧中，需要光明去照亮，去穿透，去解掉自己身上的锁链，去看见真实的世界。柏拉图所说的光明是善的理念。释迦牟尼佛所说的光明,是"不取于相,如如不动"。对于这个世界不再有执着心,我们心中就会有清净的光明,照亮一切,会把人从黑暗的轮回里解脱出来。也就是说,只有靠我们自己的觉悟和修行,才能解脱我们自己身上和心里的锁链。

《金刚经》所讲的道理,也许只是三个字:不执着。你只要做到了不执着,对一切的一切不执着,你就能够解脱。《金刚经》说的是为什么要不执着,以及如何不执着。所以,读完了《金刚经》,也要马上放下。回到生活里,该做什么就做什么。无所从来,也无所从去。

《金刚经》和禅宗

《金刚经》在中国影响很大,几乎可以说,有一种《金刚经》信仰,上至皇帝,下至平民,都会信奉《金刚经》,抄写《金刚经》。苏东坡被贬到黄州,就天天读《金刚经》,抄写《金刚经》。他的侍妾王朝云也信奉《金刚经》。民间有很多关于《金刚经》灵验的传说。我们不去考证它们的真伪,但毫无疑问,千百年来,《金刚经》是最具有治愈力的经典文本,抚慰了无数痛苦的心灵,给予了他们继续生活下去的希望和欢喜。从学术方面来说,特别值得一提的是,《金刚经》和禅宗的关系。

六祖慧能开创的禅宗被认为是中国化的佛教,是对印度佛教的一次革命,但是,它的思想来源还是印度的佛经。其中对中国禅宗影响最大的佛经就是《金刚经》。在某种意义上,《金刚经》开启了中国的禅宗。

六祖慧能起初是一个文盲,头脑里空空荡荡的,每天就是上山打柴，然后下山卖柴，赚了钱养家糊口。有一天，他突然听到有人读《金刚经》，听到"应无所住而生其心"就觉悟了。然后，他就一路开创了禅宗。

禅宗在当代影响了很多很多的人，尤其是很多放浪不羁的西方人。比如凯鲁亚克，他有一本小说全世界有名，叫《在路上》，是"说走就走"这句人生格言的鼻祖，他还有一本小说读的人不太多，但特别有意思，叫《达摩流浪者》，里面写了20世纪50年代美国"垮掉的一代"如何迷恋《金刚经》，如何迷恋禅宗，如何以夸张的行为打破中产阶级的平庸生活。

美国很多具有创造精神的人物，比如乔布斯、金斯堡都或多或少受到过《金刚经》、禅宗的影响。乔布斯一生都是禅宗的信徒。一直到现在，美国很多年轻人会在某个时期独自去印度、日本的寺庙，开始一段寻找自我的旅程。从德国作家黑塞的《悉达多》里，我们可以隐约感受到，像《金刚经》这样的佛学思想，在西方的语境里如何成为一种颠覆性的风暴，激发人们重新认识自己。

《金刚经》对禅宗的影响，我觉得体现在三个方面。第一个方面，就是说真正理解了什么叫如如不动，矫正了佛教修行中普遍存在的误会，这个误会就是前面我讲过的，卧轮的那一首偈："卧轮有伎俩，能断百思想，对境心不起，菩提日日长。"这个误会就是有人以为禅定、正念，就说什么都不想；以为修佛，就是不动。慧能的偈："慧能没伎俩，不断百思想，对境心数起，菩提作么长。"这是从《金刚经》里"应无所住而生其心"这一句证悟而来的，后来成为禅宗的基本修行原则。

第二个方面，从《金刚经》里"手段即目的"的修行方法得到启迪，开创了"明心见性，直指本心"的禅修方法，透过现象一下子抓住本质，这个方法在慧能对佛学概念的一些解读上表现得特别显著。比如，佛教讲三皈依，皈依佛法僧，但慧能解读成皈依觉，皈依正，皈依净。为什么呢？他说，皈依佛，是为了觉悟，假如皈依佛，只停留在对佛陀的崇拜上，而忘了真正的目的是自己觉悟，那皈依佛有什么意思呢？皈依法，是为了正，八正道的正，正向、全面、系统的意思，如果读佛法只是停留在经文上，不能真正去履行正的思维，有什么用呢？皈依僧，是为了清净。出家是为了清净，我们皈依僧团，也是为了清净，假如我们皈依法师，牵涉到很多人际利益的考虑，忘了本来是为了清净，这有什么意思呢？这样一来，干脆利落，直接到达目的，没有什么弯弯绕。

第三个方面，《金刚经》第一段的特别性，启发了慧能在《坛经》里主张在生活中修行，后来发展成生活禅。

这一点对后来的中国古代社会，以及日本社会，影响巨大。所以，这一方面，我展开谈一下。我们回顾一下《金刚经》开头那一段文字：

> 如是我闻：
> 一时，佛在舍卫国祇树给孤独园，与大比丘众千二百五十人俱。尔时，世尊食时，著衣持钵，入舍卫大城乞食。于其城中，次第乞已，还至本处。饭食讫，收衣钵，洗足已，敷座而坐。

用我们现在的大白话来讲，就是这样的：

"我曾经听佛这样说：那时候，佛陀与一千二百五十位大比丘住在一起，住在舍卫国的祇树给孤独园。有一天，到了吃饭时间，佛陀就穿上袈裟，拿起饭钵，走进舍卫城去乞食。在城中挨家挨户、不分贫贱富贵地乞讨一遍后，佛陀就回到住处。佛陀吃了饭，收拾好袈裟，洗干净饭钵，又用清水洗干净双足，铺好座垫，便盘坐在座位上。"

这段话里的"给孤独长者"，真名叫须达多，是一个富商，因为乐善好施，救济穷人，所以大家叫他给孤独长者，意思是无可比拟的布施者。据说，有一次，须达多在路上遇到释迦牟尼佛，问释迦牟尼佛睡得好不好。佛陀回答内心已经安定，永远睡得香。然后，佛陀为他说法，让他明白了世间一切有生必有灭的道理。

给孤独长者听完后就皈依了佛陀，并表示要为佛陀和他的弟子建造一座适合雨季居住的住所。他在舍卫城发现祇陀太子的园林是一处理想的地方，于是，请求祇陀太子能够转让。太子为令长者却步，遂以黄金铺满这座园林为出售条件，给孤独长者用铺满了祇园的黄金买下园林。祇陀太子感动于其诚心，遂将园中所有林木也捐献给佛陀。因二人共同成就此一功德，这座园林就被称为祇树给孤独园。给孤独长者在园中建了一座精舍，他问佛陀："世尊，我应该怎样使用这座精舍？"佛陀回答："你可以供给过去、未来和现在的四方比丘使用。"

释迦牟尼成佛后在各地弘法，大部分时间都在两个地方，一是王舍城的竹林精舍，二是舍卫城的祇园精舍，也就是《金刚经》里所说的祇树给孤独园。须菩提们听佛陀讲《金刚经》，就在祇园精舍内。唐代高僧玄奘去印度，还去过祇园精舍的遗址。

《金刚经》第一段，讲的就是佛陀和弟子们在祇园精舍里的日常生活。这个开头，和其他佛经的开头非常不同。其他佛经的开头，佛显示的形象往往很神奇。比如

《法华经》里，佛出现的时候，天空浮现无数的曼陀罗花，佛的眉间放出大光明，照彻宇宙。但在《金刚经》的第一段，佛显示的形象就是一个很普通的人，做的事情也很普通，吃饭、穿衣、洗漱、打坐。

《金刚经》的主题是人如何不受这个世界的束缚，超越这个世界。但是，在《金刚经》里，释迦牟尼佛一开始却用一个非常生活化的场景，这表明他没有离开这个世界，不仅没有离开，还很投入地生活在这个世界，很投入地过好每一天，过好每一个细节。在《金刚经》里，佛示现了平常相。佛就像我们平常人一样，处于"此时此地"。人不能离开某地，而且，在同一时只能在某一地，不可能同时在两地或两地以上。因此，无论是皇帝还是平民，无论是富翁还是穷人，必得处于"此时此地"。

此刻，我在房间里，在写字；此刻，我在火车上，在看着窗外的风景；此刻，我在办公室里……人的一生其实是由无数这样的片刻组成的，每一个片刻总是在某地，总是在想着什么，或者在做着什么，总是呈现出某种表情。你看佛陀此时此刻在祇树给孤独园，和他一起的是1250名弟子。佛陀和他的1250名弟子，很安静，我们只感到佛陀安静地坐在那里，洋溢着安详的氛围，好像什么也没有在做或在想，只是在此时此地。

很多人的烦恼，在于处于此时此地却又不安于此时此地。或者说，我们许多人之所以烦恼，往往在于我们不喜欢日常，不喜欢日常里的此时此地。在我们的言说里，日常总是与"柴米油盐""烦琐"等词语连在一起，甚至有人说："不怕刀山火海，只怕年复一年的日常生活。"因此，我们的心总是期待着比当下更远的将来，期待着比日常更戏剧化的精彩时刻，为了这样的精彩时刻，我们希望日常的时间快快流逝。我们等待着考试后的中榜，等待着情人节的约会，等待着周六的旅行，等待着出国的签证……我们好像必须让自己有所等待，否则难以度日。有人不断地购买彩票，为的是有一个等待。在等待中耗费生命。因为在等待，所以当下的片刻就变得难以忍受。

所期待的时刻真的来临，兴奋了一会儿或几天甚至几个月，然后，又开始无聊，又要去制造新的等待，这样周而复始。我们总是在焦虑、烦躁、不安中期待着一些事情发生，而对当下的片刻心生厌倦。我们的心不能安于日常，不能安于此时此地，总是漂浮不定，漂浮在一个又一个的妄念里面。我们的身体定于某处，心却不能安定。佛陀的身体到处走动，心却是安定的，安定于每一个此时此刻里。

所以，《金刚经》第一段所描写的场景，其实是佛陀以他自己的形姿告诉我们：即使像他这样成佛的人，也无法回避日常生活，日子还得一天一天地过，一秒一秒地过。所以，我们必须学会如何安于此时此地，学会在此时此地保持本然的心，时刻活在自己的家里，这个家并非一个房子，也并非某一个地方，而是随时随地，都拥有一种智慧，一种洞察力，一种时刻对存在保持警觉，保持欢喜的清醒心态。

所以说，这一段文字启发慧能开创了一种在红尘里修行的方法，一点也不奇怪。

另外，释迦牟尼佛在这里显现了一种极简的生活美学，给予了我们一个启示：人应该以什么样的姿态去面对每天的衣食住行？在每天忙乱的生活里，人怎么样保持安定，保持自己的生命节奏？

释迦牟尼佛的每一个行为，都是很随缘的，不是刻意的，饿了就去吃饭，不会为了要减肥、要修炼什么功夫而刻意不吃饭。饿了，就去吃，但是不乱吃。拿起饭钵挨家挨户走一圈，别人给什么就吃什么。不给别人添麻烦，也不给自己添麻烦。维持生命的基本需要即可，所以过了中午就不吃了。

释迦牟尼佛的每一个行为，也都是很用心的。出门之前，要穿好衣服。吃完饭，还要洗好餐具，整理好衣服。

在坐下之前，还要把脚洗干净。每一个动作，都很从容地完成，都是在享受生活。更重要的是，化完缘就回到自己住的地方，不会因为什么好玩的就逗留在外面。我们大多数人的问题是，在谋生的过程里越来越向外追求，忘了自己的本心。人当然要谋生，当然要去赚钱，但一定要记得每天回家，时时刻刻都要回家，回到自己的内心。

  我们可以对照这一段释迦牟尼佛的日常生活，看看自己的每一天都是怎么过的，是我们自己在生活呢，还是生活在驱赶着我们到处奔波。我自己从这一段里学到的最有用的一件事是，我们可以很忙，但是不能忙乱；我们可以很忙，但是不能忘了生活。要想不被这个世界带着走，首先不能被生活的忙乱带着走。

科技越发达，心智问题越重要

《金刚经》这样的经典，以及佛教，在今天这样的时代到底有什么用？我个人有一个看法，就是儒释道的经典，对个人修行特别有用，最明显的是，这些经典会指导我们控制个人的情绪，或者说，帮助我们解决心智问题。我自己在20岁左右接触《金刚经》，一直到今天还在按照《金刚经》的方法修行，冥想成了一个习惯。看待事物的基本方式，就是"一切有为法，如梦幻泡影"，因此很少焦虑和抑郁。

20世纪五六十年代，因为嬉皮士运动的兴起，佛教在欧美，尤其美国，受到广泛关注，像《金刚经》、禅宗思想等，成为美国人抵御消费主义压力的资源。很多人成为禅修者。他们很多人的经历，我自己也体验过，感觉特别亲切。所以，在这一章里，我想介绍一些西方人学习佛法的例子，目的也是想和大家说明，像《金刚经》这样的经典，我们研读的时候不应该只是把它当作知识，或者把它当作理论，而是应该把它当作智慧，把研读《金刚经》当作修行和证悟。也就是说，像《金刚经》这样的经典，是可以改变我们的生命的。接下来，我会用四个例子进行阐述说明。

我要提到的第一个例子出自一本书，这本书叫作《禅与摩托车维修艺术》，书名有点怪，但内容一点也不怪。这本书讨论了一个非常现实的问题：在现代社会当中，为什么很多人生活和工作是分离的，为什么在工作当中享受不到乐趣，却因为工作而感到压力、焦虑呢？为什么我们很多人不能耐心地做完一件事，并且在做事的过程中享受不到乐趣，却在做事的时候变得很着急，总想着别的事情呢？为什么我们的生活中到处都充满着躁动不安，充满着分裂、拧巴呢？

为什么作者会有这样一些思考呢？这跟他的经历有关。这个作者叫罗伯特·M.波西格，他大学毕业后按部就班地找工作，结婚，生小孩，面临生活中的种种问题，他觉得这些问题就像是一个个死结，怎么都解不开。后来他得了抑郁症。确诊后，除了药物治疗外，他还一直寻求自我治愈的方法。1968年，他带着大儿子克里斯骑着摩托车去旅行，穿过了整个美国大陆。旅行结束后，他就写了这本书。这本书在某种意义上，可以说是他那次旅行的一个记录。写完这本书后，波西格的病也得到了治愈。

当我们陷入一个困境的时候，可以尝试一下，去旅行，或者坐下来写写东西，这些看似很普通的方法，其实往往最有可能治愈我们，让我们从困境中走出来。波西格在这本书里面的一个基本的观点是，他认为现代人会有种种分裂的状态，有那么多不安的状态，就是西方文化里面的二元论造成的。那么，怎样解决呢？他的回答很简单，就是专注地做好一件小事情。

禅宗强调直觉，强调当下即是。有一个禅师，他的徒弟问他："什么是佛法大意？"他的回答是："吃饭、睡觉。"这个禅师的意思是，我们应该吃饭的时候要好好吃饭，应该睡觉的时候，要好好睡觉。还有一个禅师，当他的徒弟问他什么是佛法大意的时候，他只是问了这个小徒弟刚刚做什么了。那个小徒弟就回答："我刚刚吃完饭。"于是，禅师马上就说："那你就洗碗去，吃完饭就洗碗，不要胡思乱想。"

做当下能做的事，这是中国禅宗非常奇妙的一种修行方法。不要胡思乱想，不要纠缠在概念和语言里，也不要纠缠在过去、现在和未来里，只是马上安静下来，做当下能做的事。然后，用心去做，在这个过程中自然而然就会找到你自己的道路。这本书为什么叫《禅与摩托车维修艺术》？是因为在整个旅途当中，作者非常专注地在研究摩托车的动力系统、摩托车的整个结构，然后亲力亲为地修理摩托车。他认为这个过程就让他慢慢地从日常生活的各种束缚中解脱出来了。

我要提到的第二个例子是关于乔布斯的。乔布斯是禅宗的信徒，19岁时他想弄清楚自己在这个世界上的位置，就辞了职，到了印度。他自己如此回顾：

"在印度的村庄待了7个月后再回到美国，我看到了西方世界的疯狂以及理性思维的局限。如果你坐下来静静观察，你会发现自己的心灵有多焦躁。如果你想平静下来，那情况只会更糟。但时间久了之后总会平静下来，心里就会有空间让你聆听更加微妙的东西，这时候你的直觉就开始发展，你看事情会更加透彻，也更能感受现实的环境。你的心灵逐渐平静下来，你的视界会极大地延伸。你能看到之前看不到的东西。这是一种修行，你必须不断练习……"

"禅对我的生活一直有很深的影响。我曾经想过要去日本，到永平寺修行，但我的精神导师要我留在这儿。他说那里有的东西这里都有，他说的没错。我从禅中学到的真理就是，如果你愿意跋山涉水去见一位导师的话，往往你的身边就会出现一位。"

在乔布斯的健康出现问题后,他在一次演讲中说:"记住自己很快就要死了,这是我面对人生重大选择时最重要的工具。因为,几乎一切——所有外界的期望,所有骄傲,所有对于困窘和失败的恐惧——这些东西都在死亡面前烟消云散,只留下真正重要的东西。记住自己终会死去,是我所知最好的方式,避免陷入认为自己会失去什么的陷阱。你已是一无所有,没理由不追随内心。"

我要提到的第三个例子是关于《人类简史:从动物到上帝》的作者尤瓦尔·赫拉利的。他除《人类简史:从动物到上帝》之外,还有一本很畅销的书,叫《今日简史:人类命运大议题》。在这本书里尤瓦尔对心灵这样的概念都有所批判,尤其是批评了宗教的局限性。但在最后一章,尤瓦尔提了一个问题:"为什么像我这样一个怀疑一切的人,每天醒来还是可以如此开心?"

他首先回顾了自己年轻的时候有很多烦恼,心没有办法静下来,觉得整个世界莫名其妙,对人生的种种大问题都找不到答案。特别是他不明白这个世界上怎么会有那么多的痛苦,不知道自己能够做些什么。然后,他讲到自己上了大学,学习了各种知识,以为自己找到了答案,但很快就失望了,学术界的各种工具无法对人生的重大问题做出令人满意的回答。相反，在学术研究中他感觉自己的目光越来越狭隘。然后，他去牛津大学读博士，读了大量的哲学书籍，觉得有知识上的乐趣，但并没有任何真正有用的见解。这个时候，他的好朋友建议他去参加一个叫"内观"的课程，这是一个禅修的课程。

他之前对禅宗一无所知，但这个课程结束后，他的感受是："我认为，经过观察各种感觉10天，我对自己和整个人类的了解可能超过我先前所学。而且做到这点，无须接受任何故事、理论或神话，只要观察真正的现实就行了。我学到的最重要的一件事是，各种痛苦最深层的来源，就在于自己的心智。如果有什么是我想得却不可得的，心智的反应就是产生痛苦。痛苦并非外部世界的客观情形，而是自己心智产生的心理反应。了解这一点就是跨出了第一步，让人不再产生痛苦。自2000年第一次参加禅修之后，我每天都会冥想2个小时，每年也会参加一两个月的禅修课程。这不是逃离现实，而是接触现实。因为这样一来，我每天至少有两个小时能真正观察现实，另外22个小时则是被电子邮件、推文和可爱的小狗短片淹没。如果不是凭借禅修带给我的专注力和清晰的眼界，我不可能写出《人类简史：从动物到上帝》和《未来简史：从智人到智神》。至少对我而言，冥想和科学研究并不冲突。

特别是要了解人类心智的时候,冥想就是另外一种重要的科学工具。"

我要提到的第四个例子也是出自一本书的,这本书的中文名叫《洞见》,副标题是"从科学到哲学,打开人类的认知真相"。不知出于什么原因,出版社取了这样一个中文书名。这个书名对读者是一种误导。这本书的英文名叫 *Why Buddhism is True*,直译过来就是为什么佛教是真实的。读完全书,你会明白作者的意思,他并不是要将佛教和佛学思想同其他宗教或思想体系相比,得出只有佛教说的是真实的。他要说的其实是,佛教关心的核心是"真相"。作者罗伯特·赖特是一位研究进化心理学的学者,同时又是一位佛教信仰者,书中提到了他从基督教转信佛教的心路。

这本书提供了一个很好的个案,阐述佛教从 20 世纪 50 年代以来是如何影响西方心理学的。首先,罗伯特以科幻电影《黑客帝国》里的问题作为自己阐述的起点。在《黑客帝国》里,主人公尼奥面临一个选择:吃下一颗蓝色药丸,就继续在现在的梦境里活着;吃下一颗红色药丸,就要从梦境里解放出来,去找到这个世界的真相。

其次,罗伯特指出了佛教和现代心理学的共同之处,都不认为存在一个主宰性的自我,而是有很多自我;也不存在某种掌控一切的意识,而是有很多意识;并不存在一个外在的"神",或者绝对的主体,只存在关系和组合,也就是自然法则,佛教里叫因缘法则。

再次,罗伯特的论述不是从理论出发,而是以自己的冥想经验作为脉络,有力地说明了冥想如何把个人从情绪中解放出来,获得平静。他第一次体会到冥想的作用,是有一次因为咖啡喝多了,嘴巴严重不适,但在冥想中,他观察这种不适感,发现当他去审视这种不适感的时候,这种不适感就不会再掌控他。

最后,罗伯特从进化心理学的角度,评价了佛教的修行,是对自然选择的反抗。西方有一种科学主义传统,强调自然选择,认为一些情绪都是人类从原始时代以来形成的自我防御机制,比如恐惧,是为了躲避危险。但罗伯特从佛教的角度看,认为"自然选择对我们施加幻觉,就是为了奴役我们",所以,不妨将佛教的开悟之路看作是对自然选择的反抗。没有一种情绪是理所当然的,没有一种观点是理所当然的,当我们以审视的态度去看待自己的情绪和观点,就会产生近乎神奇的效果,我们从某种束缚中解脱出来了。最简单的,可以减轻痛苦,甚至消除痛苦。当我们审视牙疼这种感觉的时候,在不断的审视、觉知中,这种疼痛会从我们自身抽离出去,成为一种中性的存在。

佛陀在解释"无我"的时候用了很简单的常识推理，那些引起我们烦恼、痛苦的，肯定不是我，如果真的是我的话，肯定不会让我烦恼、痛苦。佛陀指出了这样一条修行的道路，但并没有描述那个不会让我痛苦的"我"到底在哪里。佛陀说，你只要摆脱那些自我的幻觉，保持觉知的状态，最后总能够抵达。

对普通人来说，成佛也许并没有吸引力，但他们却非常渴望摆脱痛苦。

在罗伯特的这本书里，我们可以看出佛教为什么会那么吸引西方人，尤其是心理学家。第一个原因当然是佛教对自然法则的追寻，没有偶像崇拜，很容易引起知识分子的共鸣，也很容易和某些科学精神一致。第二个原因就是佛教为个人提供的解决痛苦的方法可能是人类思想资源里最简单的。

人类为什么会痛苦？因为执着。

社会学、政治学、医学等会分析人类会痛苦的各种原因，但那些原因不都是个人能够控制的，而且也可能是永远解决不了的。所以，佛教不关心那些解决不了的原因。佛陀只是从个人角度找出人类会痛苦的原因。在佛陀看来，只有个人层面的痛苦原因，才是人类痛苦的根本原因，个人层面的原因是可以解决的。人类是可以超越痛苦的。

人为什么会执着？因为把幻觉当成了真实的。为什么会把幻觉当作真实的？因为贪、嗔、痴。

贪，其实是欲望的特点：要了还想要，永不满足。嗔，是欲望引起的情绪反应，得不到满足就愤怒。痴，是情绪引起的愚昧，只看到表象，只看到自己想看到的。

那么，如何去除贪、嗔、痴呢？方法是戒、定、慧。

在原始佛经里，佛陀反复表述了一个意思，就是当我们去除掉贪、嗔、痴，把心清净下来，我们就能看到真相，当我们看到真相的时候，我们就能把控自己及这个世界。当我们看到真相的时候，我们的内心会告诉自己答案。但我们的问题是，总想要去找一个外在的答案，总想从别人那里去找到一个答案。

所以，佛教的修行，所谓开悟的过程，确实像罗伯特在书里说的，是发现世界原本之美的旅程。罗伯特在探讨完佛教关于幻觉问题的论述之后，提出一个看法："从长远来看，需要有一场人类意识的革命。我不确定怎么命名这场革命——或许叫'元认知革命'（Metacognitive Revolution）吧，因为这场革命要求我们退一步，更多地去认识大脑的运转方式。"

用心理学的语言可以说，我们的痛苦来自我们的认知扭曲了现实。我们需要以一种不被干扰的状态重构我们的认知，如同一面镜子，去映照现实的真相，这样痛苦就会消失。而这需要勇气，就像《黑客帝国》的尼奥到底是选择红色药丸，还是选择蓝色药丸？是选择活在幻觉里，还是选择追寻真相？

上面四个例子，都帮助我们更好地理解《金刚经》，尤其是更好地让我们意识到应该把注意力聚焦到我们的心智上。今天人工智能的发展，带来的是颠覆性的匪夷所思的社会变化，是整体的结构性的变化，我们学习的任何一种知识都会很快暴露其局限性。在这种情况下，两种能力显得十分重要，第一种是情绪控制的能力，就是面对任何变化，都有良好的心理承受力；第二种是自我更新的能力，也就是《金刚经》里所讲的"觉"，觉知的能力，这种能力是一个人最为宝贵的能力，可以让我们应对各种匪夷所思的变化，可以让我们保持旺盛的自我生长的能力和激情。

跋

在尼泊尔，和悉达多一起散步

前不久，我们一行20人去了尼泊尔的加德满都、博卡拉、蓝毗尼，重点当然是蓝毗尼，这是一次朝圣之旅。2012年设置微信的时候，我填的所在地是尼泊尔。当时心中所想，毫无疑问是蓝毗尼。12年后，才真的到了那里，好像已经去过无数次。这次好像真的抵达了，但又好像并没有抵达。有些旅程，也许用一辈子或几辈子的时间也无法抵达。

蓝毗尼，在尼泊尔西南和印度交界之处，一片平原，有点像中国江南平原的秀美，但那种一望无际又有点像中国塞北草原的壮阔。迷雾缭绕，有点如梦如幻。这里很多村落依然是泥土和茅草搭建的小房子。佛陀诞生地的遗址门口有很多乞丐，让人有些不忍，但又不敢贸然施舍，因为会引来一个又一个乞丐，最后陷在一群之中，无法脱身。很多人会疑惑，这里是佛陀的诞生地，为什么至今还那么混乱和贫穷？有一个同行的小朋友甚至问我："全世界那么多佛教徒，为什么不把蓝毗尼好好建设一下，让它成为一个神圣、清洁的圣地呢？"

这个问题不是三言两语能够回答的，却是个很好的问题，问题里也许已经有了答案。我问同行的小朋友还记不记得3天前我们去了博卡拉的一座山，山的一边是印度教的湿婆像，另一边是佛陀的像。想一想，两者有什么不同呢？湿婆的雕像宏大威严，湿婆是一个"神"，代表着善良、正义的"神"，傲视人间，要征服一切的邪恶、罪孽。人们到了湿婆的脚下，就要膜拜。而另一边的佛陀呢，很庄严，但很亲切，显现的是成道的过程，不是一个"神"，而是一个人。

佛陀展示了一个人如何从蒙昧走向觉悟。佛陀从未说自己是"神"，只是说自己是一个觉者。对佛陀而言，征服世界多少有点荒诞，如果一定要用征服这个词，那么，佛陀说："你唯一要征服的是你自己。"

佛陀不需要人们膜拜他，也不需要人们花费金钱去修建什么宏伟浩大或整洁神圣的纪念地。佛陀说不需要这些，如果你来了，他说他更愿意你和他一起散散步。放轻松，来到这个世间，我们不过是过客。一切如梦如幻，不妨一起散散步，静静地观察一下这个世界，观察一下自己。

飞机抵达加德满都，进入机场，迎面是一尊巨大的佛像。在我看来，这不是佛陀的本意。佛陀不会以高不可攀的形象出现在我们面前。也许，在我们出发的那一刻，佛陀就已经和我们在一起，他也许是一个平常的专车司机，也许是街边的一个流浪汉，甚至是一缕清风，一弯明月，一眼清泉，一片凋零的树叶……他总是和我们在一起，不经意地在提醒我们：放轻松，世界不过是一个魔术。

在魔术的舞台上，我们一起散散步，就好。现在，我们到了蓝毗尼。公元前565年，那时的蓝毗尼属于迦毗罗卫国，当时的国王是净饭王，王后是摩耶夫人。王后已经怀孕，按照习俗要回娘家分娩，途经蓝毗尼时，因为天气炎热，就在一个水池沐浴。沐浴后到了一棵无忧树下，生下了一个王子，名叫乔答摩·悉达多。传说，悉达多一出生，就在地上走了七步，每一步都长出莲花，他用手指了指天，又指了指地，说："天上地下，唯我独尊。"

大约公元前250年，孔雀王朝的阿育王在这里建立了寺庙，竖立了石柱，纪念佛陀的诞生。阿育王在石柱上所刻铭文大意是："天佑慈祥王登基廿年，亲自来此朝拜，因为此地是释迦牟尼佛诞生之地。在此造石像，并竖立一根石柱，表示佛陀在此地降生。蓝毗尼村成为宗教的免税地，只须付收成的八分之一作为税赋。"

公元350年到公元375年间，中国有一位高僧支僧载到这里朝拜，据他记载，他见到阿育王柱就耸立在佛陀出生下地后七步之处。公元403年，另一位中国高僧法显以60多岁的高龄到达这里，他在《佛国记》中有一段记录："城（迦毗罗卫）东五十里有王园，园名论民。夫人入池洗浴，出池北岸二十步，举手攀树枝，东向生太子。太子堕地行七步，二龙王浴太子身。浴处遂作井及上洗浴池，今众僧常取饮之。"

公元636年，中国高僧玄奘也到了这里，他在《大唐西域记》里留下这么一段文字："箭泉东北行八九十里，至腊伐尼林，有释种浴池，澄清皎镜，杂花弥漫。其北二十四五步，有无忧花树，今已枯悴，菩萨诞灵之处。""腊伐尼林"就是蓝毗尼。

佛陀诞生地，曾经长期淹没在历史的迷雾里，直到19世纪末考古学家根据各种文献，尤其是法显和玄奘的记载，才找到了阿育王石柱的所在。这才有了我们现在看到的佛陀诞生地：阿育王石柱、摩耶夫人庙、水池，还有那棵无忧树，以及周围各个国家建立的寺院。

悉达多出生后，就回到了迦毗罗卫国的王宫生活。王宫的遗址位于提罗拉科特（Tilaurakot），距离蓝毗尼花园

20多千米。我们到达的时候是中午，遗址里面的大树、小湖、草地在阳光下闪闪发光。悉达多 29 岁之前生活在此地，享受了人间的荣华富贵。有一天，他走出了城门，据说在南、北、西三个城门，分别看到了病人、老人、死人，由此产生了对人生的质疑和思考：人世间为什么有那么多痛苦？为什么人摆脱不了生老病死的轮回？因而走出东门，踏上了修行之路。

东门现在几乎是一个废弃的工地，一个很简陋的出口，但这个简陋的出口，有着非凡的意义，这是人类觉性的出发之处，是每一个生命原本具有的出发之处。

悉达多离开了王宫，到各处寻找名师，学习各种理念和方法，但都不能让他真正解脱。最终，他找到了自己的道路，在菩提树下证悟成佛。成佛后第 7 年，他第一次回到故乡。他的父亲在王宫不远处为佛陀和他的弟子修建了居所，这就是拘尼律园。我们在一个阳光灿烂的上午，在那里慢慢游览了一个多小时。除了当地的村民，几乎没有什么游客，唯一见到的一个团队是来自泰国的朝圣团，十几个人，在一位僧侣的带领下，默默地沿着拘尼律园遗址绕行了三圈。

黄昏时候，我们到了 Ramgram Stupa，就是八王分舍利塔。说是舍利塔，其实只是一个长满了青草的土丘，更像一个墓地。据说，佛陀涅槃后，他的骨舍利被分成了八块，其中七块分别埋在印度的七个地方，而第八块就埋在尼泊尔的此地。阿育王当年大力弘扬佛教，想把佛陀的舍利挖出来，分成八万四千份（象征着八万四千法门）分派到世界各地。印度境内的七块舍利被顺利地挖了出来，到了尼泊尔这里，舍利塔下面的眼镜蛇阻挡了挖掘工程。阿育王觉得这是一个信号，就放弃了挖掘。直到唐朝玄奘大师探访此地，看到舍利塔周围大象成群。

某种意义上，这座舍利塔可能算得上是佛陀的墓地。周围的农民在放牛。三三两两的牛，在暮色里悠闲地吃着草。我们围坐在舍利塔四周，聊了聊三法印、无常、无我、涅槃寂静。然后，在黑夜到来之前，踏上了回旅店的路。两天的旅途，大家都有点疲倦，路上大半的人都在车上睡着了。

从摩耶夫人庙到八王分舍利塔，一段完整的朝圣路，正好串联起佛陀的一生。如果你在和佛陀一起散步，那么，佛陀会说，朝圣只是一种叙事，你听听就好。重要的，是你在当下，去觉察你在当下感觉到的——夕阳，原野，烟雾，古老的树，混杂着牛粪、青草气息的空气，还有那些在轮回中受苦的面影。如果你听明白了佛陀的话，那么，你会觉得蓝毗尼作为圣地，更加意义深远。很多禅宗的信徒喜欢去京都,觉得京都洋溢着禅意。但京都太精致了,精致到把人性中的杂色都过滤或掩盖了,让人沉浸于美丽的表相。

而在蓝毗尼,你看到的是泥土、乞丐,还有无处不在的疾苦。2600多年前,佛陀就出生在这样一个混乱的世界,今天这里依然在混乱之中。也许,恰恰是这种没有掩饰的丑陋,这种直逼人心的"世间之苦",使得蓝毗尼园更具有圣地的意义。并没有另外一种神圣,并没有另外一个净土,就在此时此地,莲花盛开:愚昧和觉悟、污秽和清净、贫穷和富裕、健康和疾病、生命和死亡,历历在目。

附录1

《金刚经》原文及语译

金刚般若波罗蜜经

鸠摩罗什 译

法会因由分第一

原文

如是我闻：

一时，佛在舍卫国祇树给孤独园，与大比丘众千二百五十人俱。尔时，世尊食时，著衣持钵，入舍卫大城乞食。于其城中，次第乞已，还至本处。饭食讫，收衣钵，洗足已，敷座而坐。

语译

我曾经听佛这样说:

那时候,佛陀与一千二百五十位大比丘住在一起,住在舍卫国的祇树给孤独园。有一天,到了吃饭时间,佛陀就穿上袈裟,拿起饭钵,走进舍卫城去乞食。在城中挨家挨户、不分贫贱富贵地乞讨一遍后,佛陀就回到住处。佛陀吃了饭,收拾好袈裟,洗干净饭钵,又用清水洗干净双足,铺好座垫,便盘坐在座位上。

善现启请分第二

原文

时,长老须菩提,在大众中,即从座起,偏袒右肩,右膝著地,合掌恭敬,而白佛言:"希有,世尊,如来善护念诸菩萨,善咐嘱诸菩萨。世尊,善男子、善女人,发阿耨多罗三藐三菩提心,云何应住?云何降伏其心?"

佛言:"善哉!善哉!须菩提,如汝所说,如来善护念诸菩萨,善咐嘱诸菩萨。汝今谛听,当为汝说。善男子、善女人，发阿耨多罗三藐三菩提心，应如是住，如是降伏其心。"

"唯然，世尊，愿乐欲闻。"

语译

这时，弟子里一位叫须菩提的长者，从自己的座位上站起来，袒露着右肩，右膝跪在地上，双手合十，恭恭敬敬地对佛陀说："太难得了，世尊，您老人家一向慈悲为怀，总是看顾好自己的念头而让各位菩萨懂得看顾好自己的念头，又总是清净自己的言语而让各位菩萨也懂得清净自己的言语。现在，有向善的男子和向善的女子发愿追求无上正等正觉，想要成就最高的佛道之心，请问世尊，他们如何才能保持菩提心常住不退呢？他们应当怎样去降伏他们心中的妄念呢？"

佛陀回答："问得真好。须菩提，就像你所说的，如来总是看顾好自己的念头而让各位菩萨懂得看顾好自己的念头，又总是清净自己的言语而让各位菩萨也懂得清净自己的言语。现在，你好好听着，我将告诉你，向善的男子与向善的女子，一旦发心寻求最高佛道的，应该如此守持，应该如此降伏他们的妄念。"

须菩提回答："好的，世尊，我们喜欢聆听您的教诲。"

大乘正宗分第三

原文

佛告须菩提："诸菩萨摩诃萨应如是降伏其心：所有一切众生之类，若卵生，若胎生，若湿生，若化生；若有色，若无色；若有想，若无想，若非有想非无想，我皆令入无余涅槃而灭度之。如是灭度无量无数无边众生，实无众生得灭度者。何以故？须菩提，若菩萨有我相、人相、众生相、寿者相，即非菩萨。"

语译

佛陀告诉须菩提："各位大菩萨应当这样去降伏迷妄的心：一切有生命的存在，卵生的，胎生的，湿生的，化生的；有形质的，没有形质的；有心识活动的，没有心识活动的，以及既非有心识活动又非没有心识活动的，所有的生命，我都要让他们达到脱离生死轮回的涅槃境界，使他们得到彻底的度脱。像这样度脱了无量数的众生，但是实质上，并没有什么众生得到度脱。为什么这么说呢？须菩提，如果菩萨的心中有了自我的相状、他人的相状、众生的相状以及生命存在的时间相状，那么，他就不能称为菩萨了。"

妙行无住分第四

原文

"复次，须菩提，菩萨于法，应无所住，行于布施。所谓不住色布施，不住声、香、味、触、法布施。须菩提，菩萨应如是布施，不住于相。何以故？若菩萨不住相布施，其福德不可思量。须菩提，于意云何？东方虚空可思量不？"

"不也，世尊。"

"须菩提，南、西、北方，四维上下虚空可思量不？"

"不也，世尊。"

"须菩提，菩萨无住相布施，福德亦复如是不可思量。

须菩提,菩萨但应如所教住。"

语译

"再者,须菩提,菩萨对于万法都应该没有执着,以不执着的心态来施行布施。即不应执着于形色而布施,不执着于声音、香气、味道、触觉、意识而布施。须菩提,菩萨就应该这样不执着于诸相而布施。为什么呢?假如菩萨不执着于诸相而布施,那么他因布施而获得的福德就不可思量。须菩提,你觉得如何呢?东方的虚空是可以想象和度量的吗?"

"无法想象和度量,世尊。"

"须菩提,那么南方、西方、北方,四维上下的虚空,其大小可以想象和度量吗?"

"无法想象和度量,世尊。"

"须菩提,菩萨不执着于诸相而布施,福德就像虚空一样不可想象和度量。须菩提,菩萨应该根据我所教导的,把心安住下来。"

如理实见分第五

原文

"须菩提,于意云何?可以身相见如来不?"

"不也,世尊。不可以身相得见如来。何以故?如来所说身相,即非身相。"

佛告须菩提:"凡所有相,皆是虚妄。若见诸相非相,即见如来。"

语译

"须菩提,你觉得如何呢?可以根据如来的身体样貌来认识如来的真实本性吗?"

"不可以根据如来的身体样貌来认识如来的真实本性。为什么呢?如来所说的身体样貌,其实并不是真实存在的身相。"

佛陀告诉须菩提:"一切的现象,都是虚妄不实的。如果你能看到现象,同时又能超越现象,悟得它们都是虚妄不实的,那么,就可以证见如来了。"

正信希有分第六

原文

须菩提白佛言:"世尊,颇有众生,得闻如是言说章句,生实信不?"

佛告须菩提:"莫作是说。如来灭后,后五百岁,有持戒修福者,于此章句能生信心,以此为实。当知是人不于一佛、二佛、三四五佛而种善根,已于无量千万佛所种诸善根。闻是章句,乃至一念生净信者,须菩提,如来悉知悉见,是诸众生,得如是无量福德。何以故?是诸众生,无复我相、人相、众生相、寿者相,无法相,亦无非法相。何以故?是诸众生,若心取相,即为著我、人、众生、寿者;若取法相,即著我、人、众生、寿者。何以故?若取非法相,即著我、人、众生、寿者。是故不应取法,不应取非法。以是义故,如来常说:汝等比丘,知我说法,如筏喻者。法尚应舍,何况非法?"

语译

须菩提对佛陀说:"世尊,芸芸众生,听到您所说的这些话，能够产生坚定的信仰心吗？"

佛陀告诉须菩提："你不必有这样的疑虑。在我灭度之后的第五个五百年，会有持戒修福的人，从这些话中产生坚定的信仰心，并以这些话作为真实的教法。应当知道这些人不只是在一佛、二佛、三佛、四佛、五佛处种下了善根前缘，而是在无限遥远的前世，在千万位佛处种下了善根。因此，一旦听到这些经文章句，就会在一念之间产生真正的信仰，须菩提，我完全知道，也完全能够看到，这些众生会获得无可估量的福报和功德。为什么呢？因为这些众生已经不再有自我的相状、他人的相状、众人的相状、寿命的相状的分别心，也没有有与无的分别心。为什么呢？这些众生的心如果感知并反映存在的形相，那么，就会执着于我、人、众生、寿者的分别；如果对于存在的形相作出'有'的判断，那么，就会执着于自我的相状、他人的相状、众人的相状、寿命的相状的分别；如果对于存在的形相作出'无'的判断，那么，也会执着于自我的相状、他人的相状、众人的相状、寿命的相状的分别。所以，不要执着于各种形相，也不要执着于空无。因为这个道理，如来才经常告诫你们这些比丘：我讲佛法，就像用筏让你们渡过河，到了彼岸就要舍弃筏。连佛法都要舍弃，更何况那些迷妄的见解？"

无得无说分第七

原文

"须菩提,于意云何?如来得阿耨多罗三藐三菩提耶?如来有所说法耶?"

须菩提言:"如我解佛所说义,无有定法名阿耨多罗三藐三菩提,亦无有定法如来可说。何以故?如来所说法,皆不可取、不可说,非法、非非法。所以者何?一切圣贤,皆以无为法而有差别。"

语译

佛陀又问:"须菩提,你意下如何?如来已经证得了无上正等正觉吗?如来真的说过什么法吗?"

须菩提回答:"按我理解的佛所说法的义理,并没有绝对的什么法叫无上正等正觉,如来也没有绝对地说了什么法。为什么呢?如来所讲的佛法,都是不可执着,也不可言说的,它既不是法,也不能说不是法。为什么呢?因为一切贤人、圣人所证悟的都是无生无灭的无为境界,只是证悟的程度有所差别而已。"

依法出生分第八

原文

"须菩提,于意云何?若人满三千大千世界七宝,以用布施,是人所得福德,宁为多不?"

须菩提言:"甚多,世尊。何以故?是福德,即非福德性,是故如来说福德多。"

"若复有人于此经中,受持乃至四句偈等,为他人说,其福胜彼。何以故?须菩提,一切诸佛及诸佛阿耨多罗三藐三菩提法,皆从此经出。须菩提,所谓佛法者,即非佛法。"

语译

"须菩提,你意下如何?假若有人用充满三千大千世界的所有七种珍宝去布施,所获得的福德是不是很多?"

须菩提回答:"非常多,世尊。为什么说福德多呢?因为这种福德,并非根本上的福德,如来只是从世俗的意义上说这个人获得的福德很多。"

"假如有人能够信守奉持此经,哪怕是其中四句偈,并向他人宣说,那么这个人的福报就比用充满三千大千世界的所有七种珍宝去布施获得的福德还要多得多。为什么呢?须菩提,因为所有的佛及他们所具有的无上正等正觉的法门,都来源于这本经的大智慧。须菩提,所谓佛法,只不过是方便的法门,从根本上说,并没有什么绝对的佛法。"

一相无相分第九

原文

"须菩提,于意云何?须陀洹能作是念:我得须陀洹果不?"

须菩提言:"不也,世尊。何以故?须陀洹名为入流,而无所入,不入色、声、香、味、触、法,是名须陀洹。"

"须菩提,于意云何?斯陀含能作是念:我得斯陀含果不?"

须菩提言:"不也,世尊。何以故?斯陀含名一往来,而实无往来,是名斯陀含。"

"须菩提,于意云何?阿那含能作是念:我得阿那含果不？"

须菩提言："不也，世尊。何以故？阿那含名为不来，而实无不来，是故名为阿那含。"

"须菩提，于意云何？阿罗汉能作是念：我得阿罗汉道不？"

须菩提言："不也，世尊。何以故？实无有法名阿罗汉。世尊，若阿罗汉作是念：我得阿罗汉道，即为著我、人、众生、寿者。世尊，佛说我得无诤三昧，人中最为第一，是第一离欲阿罗汉。世尊，我不作是念：我是离欲阿罗汉。世尊，我若作是念：我得阿罗汉道，世尊则不说须菩提是乐阿兰那行者。以须菩提实无所行，而名须菩提是乐阿兰那行。"

语译

佛又问："须菩提，你有什么看法？你认为证得须陀洹圣果的修行者会生起自己已经证得须陀洹果位这样的心念吗？"

须菩提回答："不会的，世尊。为什么呢？须陀洹的意思是初入圣者之流，也就是入涅槃之流，但实际上，没有什么可以进入的，不执着于色、声、香、味、触、法这些外尘境界,才叫作须陀洹。"

佛接着问:"须菩提,你有什么看法?你认为证得斯陀含圣果的修行者会生起自己已经证得斯陀含果位这样的心念吗?"

须菩提回答:"不会的,世尊。为什么呢?斯陀含的意思是一往来,即达到斯陀含果位的人,还要托生天上一次,托生人间一次,才能得到最后的解脱,但实际上,并没有什么往来的,因此才叫作斯陀含。"

佛又问:"须菩提,你有什么看法?你认为证得阿那含圣果的修行者会生起自己已经证得阿那含果位这样的心念吗?"

须菩提回答:"不会的,世尊。阿那含的意思是不来,即达到阿那含果位的人已经断绝欲望,不再托生欲界,但实际上,并没有什么不来,因此才叫作阿那含。"

佛又问:"须菩提,你有什么看法?你认为证得阿罗汉圣果的修行者会生起自己已经证得阿罗汉果位这样的心念吗?"

须菩提回答:"不会的,世尊。为什么呢?阿罗汉的意思是不生,心中不再有任何法相的执着和分别了。如果阿罗汉产生我已经达到阿罗汉果位这样的念头,那么,就是执着于自我的相状、他人的相状、众人的相状、寿命的相状。世尊，佛说我已经达到因着空性的理解而无欲无念、不起争辩的境界，是修行最高的人，是彻底断绝了欲念的阿罗汉。世尊，如果我生起自己已经证得阿罗汉果位这样的心念，我认为自己已经达到阿罗汉的境界，世尊就不会说我是乐于寂静、无诤的阿兰那行者了。因为须菩提已彻底舍弃分别执着之心，也不执着于自己的一切功行德相，所以才称须菩提是乐于修阿兰那行的修行者。"

庄严净土分第十

原文

佛告须菩提："于意云何？如来昔在然灯佛所，于法有所得不？"

"不也，世尊。如来在然灯佛所，于法实无所得。"

"须菩提，于意云何？菩萨庄严佛土不？"

"不也，世尊。何以故？庄严佛土者，即非庄严，是名庄严。"

"是故，须菩提，诸菩萨摩诃萨应如是生清净心，不应住色生心，不应住声、香、味、触、法生心，应无所住而生其心。须菩提，譬如有人，身如须弥山王，于意云何？是身为大不？"

须菩提言："甚大，世尊。何以故？佛说非身，是名大身。"

语译

佛问须菩提："你有怎样的看法？从前如来在燃灯佛那里，有没有得到什么成佛的妙法呢？"

"没有，世尊。如来在燃灯佛那里，实际未得到任何妙法。"

"那么，须菩提，你有怎样的看法？菩萨有没有庄严清净佛土呢？"

"没有，世尊。为什么呢？因为所谓庄严清净佛土，并非胜义中存在实有的庄严，不过是庄严的外在名相罢了。"

"因此，须菩提，诸位菩萨应该这样产生清净的心：不应当执着于色上产生的心念，也不应当执着于声、香、味、触、法这些外尘产生的心念，应当对存在的一切都不滞留，不执着而心念流淌。须菩提，比如有个人，身体像须弥山那样高大，你有怎样的看法？你说这样的身体是不是很高大？"

须菩提回答："世尊，是非常地高大。为什么呢？佛所说的并不是实有的身体，也就是离开了身体的假相，证悟得不生不死、不增不减的法身，姑且叫作大身而已。"

无为福胜分第十一

原文

"须菩提，如恒河中所有沙数，如是沙等恒河，于意云何？是诸恒河沙，宁为多不？"

须菩提言："甚多，世尊。但诸恒河尚多无数，何况其沙。"

"须菩提，我今实言告汝：若有善男子、善女人，以七宝满尔所恒河沙数三千大千世界，以用布施，得福多不？"

须菩提言："甚多，世尊。"

佛告须菩提："若善男子、善女人，于此经中，乃至受持四句偈等，为他人说，而此福德，胜前福德。"

语译

"须菩提，像恒河里的所有的无可计数的沙数，假如恒河中的每一粒沙子又成一条恒河，你有什么看法？所有这些恒河里的沙子，是不是很多？"

须菩提回答："很多，世尊。那么多的恒河已经多得不可胜数，更何况那么多恒河里的沙子。"

"须菩提，我再问你，假如有善男子和善女人，用了恒河沙子那么多的三千大世界的金银珠宝去布施，所得的福报功德是不是很多？"

须菩提回答："很多。世尊。"

佛对须菩提说："如果有善男子和善女人，能够从这部经里面，哪怕只是信守其中的四句偈，并且向别人宣说，那么他所获得的功德，就超过前面所说的布施珍宝的人所获得的福德了。"

尊重正教分第十二

原文

"复次,须菩提,随说是经,乃至四句偈等,当知此处,一切世间天、人、阿修罗,皆应供养,如佛塔庙。何况有人尽能受持读诵。须菩提,当知是人,成就最上第一希有之法。若是经典所在之处,即为有佛,若尊重弟子。"

语译

"再者,须菩提,凡是能够观机随缘为他人宣说这部经,即使只是宣说了这部经中的四句偈而已,那么,这个讲经之处,世间一切善道众生,包括天、人、阿修罗等都应该尊敬、供养,把它当作佛塔庙宇一般。更何况有人把这部经全部领会诵读。须菩提,应当知道,这样的人成就了世界上最高的、第一等的、稀有的事。凡是这部经典所在的地方,就是有佛在,应该像尊重佛或佛的弟子那样尊重这个地方。"

如法受持分第十三

原文

尔时，须菩提白佛言："世尊，当何名此经？我等云何奉持？"

佛告须菩提："是经名为《金刚般若波罗蜜》，以是名字，汝当奉持。所以者何？须菩提，佛说般若波罗蜜，即非般若波罗蜜，是名般若波罗蜜。须菩提，于意云何？如来有所说法不？"

须菩提白佛言："世尊，如来无所说。"

"须菩提，于意云何？三千大千世界所有微尘，是为多不？"

须菩提言："甚多，世尊。"

"须菩提，诸微尘，如来说非微尘，是名微尘。如来说世界，非世界，是名世界。须菩提，于意云何？可以三十二相见如来不？"

"不也，世尊。不可以三十二相得见如来。何以故？如来说三十二相，即是非相，是名三十二相。"

"须菩提，若有善男子、善女人，以恒河沙等身命布施，若复有人，于此经中，乃至受持四句偈等，为他人说，其福甚多。"

语译

这时，须菩提问佛陀："世尊，应当用什么名字来称呼这部经呢？我们应该如何受持奉行这部经呢？"

佛陀回答："这部经名叫《金刚般若波罗蜜经》，你们用这个名字奉持就可以了。为什么呢？须菩提，佛说到彼岸的智慧，其实，法无定法，并非到彼岸的智慧，因此名为到彼岸的智慧。须菩提，你觉得如来真的说了什么法（道理）吗？"

须菩提回答："世尊，如来实际上什么也没有说。"

"须菩提，你觉得三千大千世界的所有微尘，是不是很多？"

须菩提回答："很多，世尊。"

"须菩提，所有的微尘，如来说并非微尘，只是名叫微尘。如来说世界，即非世界，只是名为世界。须菩提，你觉得可以依据三十二种殊妙样貌来认识真正的如来吗？"

"不可以，世尊。不可以依据三十二种殊妙样貌来认识如来。为什么呢？三十二种殊妙样貌并非如来的真实本质，只是因缘和合，假名为三十二相。"

佛陀说："须菩提，如果有善男子和善女人，以恒河中沙子那么多的身体和性命来做布施，又有人能够受持奉行此经，甚至只是受持奉行其中的一个四句偈，并且广为他人宣说，那么他的福德远远超过以身命布施的福德。"

离相寂灭分第十四

原文

尔时，须菩提闻说是经，深解义趣，涕泪悲泣，而白佛言："希有，世尊！佛说如是甚深经典，我从昔来所得慧眼，未曾得闻如是之经。世尊，若复有人得闻是经，信心清净，即生实相，当知是人，成就第一希有功德。世尊，是实相者，即是非相，是故如来说名实相。世尊，我今得闻如是经典，信解受持，不足为难。若当来世后五百岁，其有众生得闻是经，信解受持，是人即为第一希有。何以故？此人无我相、无人相、无众生相、无寿者相。所以者何？我相即是非相，人相、众生相、寿者相即是非相。何以故？离一切诸相，即名诸佛。"

佛告须菩提："如是，如是。若复有人，得闻是经，不惊、不怖、不畏,当知是人甚为希有。何以故?须菩提,如来说第一波罗蜜,即非第一波罗蜜,是名第一波罗蜜。

"须菩提,忍辱波罗蜜,如来说非忍辱波罗蜜,是名忍辱波罗蜜。何以故?如我昔为歌利王割截身体,我于尔时,无我相、无人相、无众生相、无寿者相。何以故?我于往昔节节支解时,若有我相、人相、众生相、寿者相,应生嗔恨。

"须菩提,又念过去于五百世作忍辱仙人,于尔所世,无我相、无人相、无众生相、无寿者相。是故,须菩提,菩萨应离一切相,发阿耨多罗三藐三菩提心,不应住色生心,不应住声、香、味、触、法生心,应生无所住心。若心有住,即为非住。是故,佛说菩萨心不应住色布施。须菩提,菩萨为利益一切众生,故应如是布施。如来说一切诸相即是非相,又说一切众生即非众生。

"须菩提,如来是真语者、实语者、如语者、不诳语者、不异语者。须菩提,如来所得法,此法无实无虚。须菩提,若菩萨心住于法而行布施,如人入暗,即无所见;若菩萨心不住法而行布施,如人有目,日光明照,见种种色。

"须菩提,当来之世,若有善男子、善女人,能于此经受持读诵,即为如来。以佛智慧,悉知是人,悉见是人,皆得成就无量无边功德。"

语译

那时,须菩提听了佛陀解说这部经典,深深地领会了它的意旨,从内心涌出欢欣的悲泣,恭敬地对佛陀说:"真是奇妙啊,世尊。您把最深的道理说得如此明白。这是从我见道得慧眼以来,未曾听过的如此殊胜的经典。世尊,假如有人听闻了这样的经义,而能生起清净的信心,能够脱离观念与形相的羁绊,摆脱二边分别的见解看法,因而看到事物的本来面目,那么,这个人已经成就了第一稀有的功德。世尊,所谓实相,其实是一种假相,只是名之为实相。世尊,我今天能亲闻佛陀讲这样的经典,信奉、理解、领受、持行此经,并不算难得稀有。假如到了佛灭后的末法时代,也就是后世的最后一个五百年的时候,有人有缘听到这微妙经义,能够信奉、理解、领受、持行此经,那么,这个人才是非常难得稀有。为什么呢?因为这个人已经达到无我相、无人相、无众生相、无寿者相的境界。为什么呢?因为这个人证悟了我、人、众生、寿者四种相并没有自足的自性,是因缘和合而成,是幻相，也就是非相。总之，如果能够洞察一切形相的真如实相，不再执着于任何形相，那么，就达到佛的境界了。"

佛听了连忙说："是这样的，是这样的。假如有人有缘听到这部经典以后，不惊疑、不恐惧、不害怕，那么，他一定是一位难得的人。为什么呢？因为这个人明白，如来宣说的最彻底的解脱智慧，实际上并不应该执着于它，只有不执着于它，才是最高的解脱智慧。

"须菩提，用忍辱的方法达到解脱也是如此，如果执着于方法本身，以辱为难忍而强迫自己忍受，那么，不可能获得解脱；只有当一个人不再觉得辱是辱，而让他在自己心中消失于无形，这才叫以忍辱的方法达到了解脱。为什么呢？须菩提，就好比我在过去世被歌利王割肉喂鹰，我在当时完全没有去想什么是我，什么是别人，什么是生命，什么是寿命。为什么呢？如果那时我在被节节肢解的时候，心中有什么是我，什么是人，什么是众生，什么是寿者的念头，就会产生怨恨；一旦产生怨恨，就无法得到解脱。

"须菩提，不要以为我只是在歌利王时代才实行忍辱，其实，在过去的五百世中，我已经作忍辱仙人，已经不再执着于我相、人相、众生相、寿者相了。所以，须菩提，菩萨应该去除一切分别的看法，产生追求至高无上觉悟的心愿。菩萨的心是活泼的,不滞留在任何有限界分别的概念和形相上,不滞留在任何有形有色的物质事物上,不滞留在任何声音、气息、味道和道理上,应当产生一种对一切都不执着的心。有了不执着一切的心,就可以在任何时间住在任何地方,住着,其实也可以说,并没有住着。所以,佛说菩萨的心不应该滞留在任何事物上,并以这不执着的心向人行善,就是这个意思。须菩提,为了成就一切众生的利益,菩萨应该这样布施。我说的一切的形相或现象,只是为了说明的方便而假设的名称,并不是真的实有这种形相或现象;同样,众生也只是个假名,其实并无孤立自足的自性。

"须菩提,我讲的解脱的智慧,是真而不妄、实而不虚的,它不是自欺欺人,也不是奇谈怪论。须菩提,我所领悟的道理,既不是真实的,也不是虚假的。须菩提,假如菩萨的心执着于法相而布施,就好像一个人走入了黑暗的地方,什么都看不到。假如菩萨的心不执着于法相而布施,就好像一个人有明亮的眼睛,在阳光下能够照见到各种形色。

"须菩提,将来的世代,假如有善男子、善女人能够信守、奉持、理解、读诵这部经,我凭着广大无边的智慧可以判定,这样的人能够修成佛果,成就无量无边的功德。"

持经功德分第十五

原文

"须菩提，若有善男子、善女人，初日分以恒河沙等身布施，中日分复以恒河沙等身布施，后日分亦以恒河沙等身布施。如是无量百千万亿劫，以身布施。若复有人，闻此经典，信心不逆，其福胜彼。何况书写、受持、读诵、为人解说。

"须菩提，以要言之，是经有不可思议、不可称量、无边功德。如来为发大乘者说，为发最上乘者说。若有人能受持、读诵、广为人说，如来悉知是人，悉见是人，皆得成就不可量、不可称、无有边、不可思议功德。如是人等，即为荷担如来阿耨多罗三藐三菩提。何以故？须菩提，若乐小法者，著我见、人见、众生见、寿者见，即于此经，不能听受读诵，为人解说。

"须菩提，在在处处，若有此经，一切世间天、人、阿修罗所应供养。当知此处，即为是塔，皆应恭敬，作礼围绕，以诸华香而散其处。"

语译

"须菩提，如果有善良的男子、善良的女子，为了求取福德，早晨把恒河沙一样多的自身性命来布施，中午又把恒河沙一样多的自身性命来布施，下午再把恒河沙一样多的自身性命来布施，这样用百千万亿劫的性命来布施。假如另有一个人，听到这部经典，便产生了贯通的领会，深信不疑，他的福德就比前面那个人还多。更何况抄写经文、信守奉持、阅读背诵、为别人加以解说。

"须菩提，简而言之，这部经有不可思议、不可称量、无边无际的功德。如来是为那些发菩提心的人说的，为那些追求最终解脱的人说的。如果有人能够领会信守奉持、阅读背诵，以教育的热忱向大家解说，如来都清楚地看见并了解这个人，会得到不可称量、无边无际、不可思议的功德。像这样的人，就能像如来一样具有无上正等正觉，就能担负弘扬佛法的重任。反之，如果一个人乐于外道小法，就不免执着于我、人、众生、寿者实际存在的见解，那么，他就不能信守奉持、阅读背诵此经，并向他人宣说了。

"须菩提，无论何时何地，只要有这部经典存在，所有的天、人、阿修罗等一切众生都自然应该供养这部经典。因为有经之处就相当于佛身之塔,所以大家都应对它尊重恭敬围绕示礼,并以各种芳香的花朵和细香散于四周虔诚供养。"

能净业障分第十六

原文

"复次,须菩提,若善男子、善女人,受持、读诵此经,若为人轻贱,是人先世罪业应堕恶道,以今世人轻贱故,先世罪业即为消灭,当得阿耨多罗三藐三菩提。

"须菩提,我念过去无量阿僧祇劫,于然灯佛前,得值八百四千万亿那由他诸佛,悉皆供养承事,无空过者。若复有人,于后末世,能受持、读诵此经,所得功德,于我所供养诸佛功德,百分不及一,千万亿分,乃至算数、譬喻所不能及。

"须菩提,若善男子、善女人,于后末世,有受持读诵此经,所得功德,我若具说者,或有人闻,心即狂乱,狐疑不信。须菩提,当知是经义不可思议,果报亦不可思议。"

语译

"还有，须菩提，假如有善男子和善女人信守奉持并且阅读背诵这部经典，但还是遭到别人的轻贱，那么，说明这个善男子或善女子在过去罪业深重，本来应该堕入地狱、饿鬼、畜生三恶道，因为信守奉持这部经典，过去的罪业得到消除，只是被人轻贱，从此也能证得无上正等正觉。

"须菩提，回想无数劫以前，我在燃灯佛前，遇到了无数的佛，我都一一供养，没有错过任何一个。假如有人在未来，能够信守奉持这部经典，那他得到的功德，和我供养无数佛的功德相比，我的功德还不及他的百分之一、千分之一、万分之一、千万分之一，乃至无法以任何数目、比喻来说明。

"须菩提，假如有善男子、善女人，在久远的未来，能够信守奉持、阅读背诵这部经典，他所获得的功德，我一旦一一细说，或许有人听到，就会心慌意乱，狐疑不信。须菩提，你应当明白，这部经的义理不可思议，信守奉持、阅读背诵这部经典的果报也不可思议。"

究竟无我分第十七

原文

尔时，须菩提白佛言："世尊，善男子、善女人，发阿耨多罗三藐三菩提心，云何应住？云何降伏其心？"

佛告须菩提："善男子、善女人，发阿耨多罗三藐三菩提心者，当生如是心：我应灭度一切众生，灭度一切众生已，而无有一切众生实灭度者。何以故？须菩提，若菩萨有我相、人相、众生相、寿者相，则非菩萨。所以者何？须菩提，实无有法，发阿耨多罗三藐三菩提心者。须菩提，于意云何？如来于然灯佛所，有法得阿耨多罗三藐三菩提不？"

"不也，世尊。如我解佛所说义，佛于然灯佛所，无有法得阿耨多罗三藐三菩提。"

佛言："如是，如是。须菩提，实无有法如来得阿耨多罗三藐三菩提。须菩提，若有法如来得阿耨多罗三藐三菩提者，然灯佛即不与我授记：'汝于来世，当得作佛，号释迦牟尼。'以实无有法得阿耨多罗三藐三菩提，是故然灯佛与我授记，作是言：'汝于来世，当得作佛，号释迦牟尼。'何以故？如来者，即诸法如义。若有人言：如来得阿耨多罗三藐三菩提，须菩提，实无有法，佛得阿耨多罗三藐三菩提。

"须菩提，如来所得阿耨多罗三藐三菩提，于是中无实无虚。是故如来说一切法皆是佛法。须菩提，所言一切法者，即非一切法，是故名一切法。须菩提，譬如人身长大。"

须菩提言："世尊，如来说人身长大，即为非大身，是名大身。"

"须菩提，菩萨亦如是。若作是言，我当灭度无量众生，即不名菩萨。何以故？须菩提，实无有法名为菩萨。是故，佛说一切法无我、无人、无众生、无寿者。须菩提，若菩萨作是言，我当庄严佛土，是不名菩萨。何以故？如来说庄严佛土者，即非庄严，是名庄严。须菩提，若菩萨通达无我法者，如来说名真是菩萨。"

语译

这时，须菩提对佛说："世尊，善男子和善女人，发愿达到无上正等正觉，成就最终的解脱，他们应该如何保持这种菩提心常住不退？如果生起妄念，又如何去降伏呢？"

佛告诉须菩提："善男子、善女人，发愿成就最高的解脱，应当这样起念：我立志救度一切众生，使他们离苦得乐。一旦度化了一切众生，心中又毫无使一切众生得以救度的念头。为什么呢？须菩提，假如菩萨执着于自我的相状，执着于他人的相状，执着于众生的相状，执着于寿者的相状，那么，就不是菩萨。为什么呢？须菩提，从根本上说，其实并没有什么方法，可以使你去追求彻底的解脱。须菩提，我再问你，当年我在燃灯佛那里开悟时，真的得到了一种叫无上正等正觉的佛法吗？"

须菩提说："不，世尊。按照我理解佛所说的意思，佛在燃灯佛那里，并没有得到一种叫无上正等正觉的佛法。"

佛说："是的，是的。须菩提，并没有一种固定的方法，可以让我得到彻底的觉悟。如果我是依赖某种方法觉悟的话，燃灯佛就不会给我授记：'你在将来之世会成佛，号释迦牟尼。'因为实在不是凭借什么固定的方法得到觉悟，所以，燃灯佛才为我授记，并说：'你会在将来之世成佛，号释迦牟尼。'为什么呢？所谓如来，就是真如，就是万法都是真如的意思。假如有人说：如来佛在燃灯佛那里得到无上正等正觉的最高佛法，须菩提，你应当明白，如来本身无形无相，因此佛开悟时，并没有得到一种叫无上正等正觉的佛法。

"须菩提，如来所得到的无上正等正觉，根本上是非有非无、即有即无的，所以佛说一切世间法，都是佛法。须菩提，所谓一切法，就是非一切法，所以才叫一切法。须菩提，这就好比说人的身形高大。"

须菩提接着说："世尊，如来说人的身形高大，就不是真正的身形高大，所以才叫作身形高大。"

佛说："须菩提，菩萨也是这样啊。如果有菩萨说：我应当灭除众生的一切烦恼，救度一切众生，那他就不是菩萨了。为什么呢？彻底摆脱了对一切法的执着，才是真正的菩萨。因此佛说一切法没有自我的相状、他人的相状、众生的相状、寿者的相状的分别。须菩提，如果有菩萨声称自己要用种种功德去庄严佛土，那么，他就不能算作菩萨。为什么呢？如来说的庄严佛土，其实真正的庄严是了不可得的，没有一物可得，心念清净，不起分别，这才叫作庄严。须菩提，若菩萨能够明白无我的道理，如来就说他是真正达到菩萨的境界了。"

一体同观分第十八

原文

"须菩提,于意云何?如来有肉眼不?"

"如是,世尊,如来有肉眼。"

"须菩提,于意云何?如来有天眼不?"

"如是,世尊,如来有天眼。"

"须菩提,于意云何?如来有慧眼不?"

"如是,世尊,如来有慧眼。"

"须菩提,于意云何?如来有法眼不?"

"如是,世尊,如来有法眼。"

"须菩提,于意云何?如来有佛眼不?"

"如是,世尊,如来有佛眼。"

"须菩提,于意云何?如恒河中所有沙,佛说是沙不?"

"如是,世尊,如来说是沙。"

"须菩提,于意云何?如一恒河中所有沙,有如是沙等恒河,是诸恒河所有沙数佛世界,如是,宁为多不?"

"甚多,世尊。"

佛告须菩提:"尔所国土中,所有众生,若干种心,如来悉知。何以故？如来说诸心皆为非心，是名为心。所以者何？须菩提，过去心不可得，现在心不可得，未来心不可得。"

语译

"须菩提，你认为如何？如来有能够见到一般色相的肉眼吗？"

"是的，世尊，如来有肉眼。"

"须菩提，你认为如何？如来有能够见到很远很广很细微事物的天眼吗？"

"是的，世尊，如来有天眼。"

"须菩提，你认为如何？如来有可以见到万法空相的慧眼吗？"

"是的，世尊，如来有慧眼。"

"须菩提，你认为如何？如来有可以见到一切法门实相的法眼吗？"

"是的，世尊，如来有法眼。"

"须菩提，你认为如何？如来有照破诸法实相而慈心观众生的佛眼吗？"

"是的，世尊，如来有佛眼。"

"须菩提,你认为如何?像恒河中的所有沙粒,如来说它们是沙吗?"

"是的,世尊,如来说是沙。"

"须菩提,你认为如何?如果一沙一世界,那么像每一颗恒河的沙粒都是一条恒河,这么多恒河的所有的沙都代表一个佛世界的话,如此,佛世界算不算多?"

"很多,世尊!"

佛陀告诉须菩提:"如你刚才所说,佛眼可摄一切眼,一沙可摄一切沙,在诸佛世界中的一切众生,所有种种不同的心,佛也是完全知晓的。为什么呢?如来说的这种种心皆不是真实不变的心,只是一时假名为心而已。为什么这样说呢?须菩提,过去之心是不可得到的,现在之心也是不可得到的,未来之心也一样是不可得到的。"

法界通化分第十九

原文

"须菩提,于意云何?若有人满三千大千世界七宝,以用布施,是人以是因缘,得福多不?"

"如是,世尊。此人以是因缘,得福甚多。"

"须菩提,若福德有实,如来不说得福德多。以福德无故,如来说得福德多。"

语译

"须菩提,如果有人用充满三千大千世界的七种珍宝去布施,这个人因此因缘,得到的福报多吗?"

"是这样的,世尊。这个人因此因缘,得到的福报很多。"

"须菩提,假如所谓的福报是个实实在在的东西,如来就不会说福报很多。因为福报本空,如来才说得到的福报很多。"

离色离相分第二十

原文

"须菩提,于意云何?佛可以具足色身见不?"

"不也,世尊。如来不应具足色身见。何以故?如来说具足色身,即非具足色身,是名具足色身。"

"须菩提,于意云何?如来可以具足诸相见不?"

"不也,世尊。如来不应以具足诸相见。何以故?如来说诸相具足,即非具足,是名诸相具足。"

语译

"须菩提,你意下如何?佛可以依圆满庄严的色身形相来证见吗?"

"不可以,世尊。如来不应该依圆满庄严的色身形相来证见。为什么呢?如来说圆满庄严的色身形相,并非真实不变的色身形相,只是假名为圆满庄严的色身形相而已。"

"须菩提,你意下如何?如来可以依所具备的种种圆满妙相来证见吗?"

"不可以,世尊。如来不应该依种种的圆满妙相来见证。为什么呢?因为如来所说的圆满诸相,并非圆满诸相,只是假名为圆满诸相而已。"

非说所说分第二十一

原文

"须菩提,汝勿谓如来作是念:我当有所说法。莫作是念。何以故?若有人言如来有所说法,即为谤佛,不能解我所说故。须菩提,说法者无法可说,是名说法。"

尔时,慧命须菩提白佛言:"世尊,颇有众生,于未来世,闻说是法,生信心不?"

佛言:"须菩提,彼非众生,非不众生。何以故?须菩提,众生众生者,如来说非众生,是名众生。"

语译

"须菩提,千万不要以为如来会这样想:我应当有所说法。你千万不要如此生心动念。为什么呢?假如有人说如来有所说法,就是诽谤佛,因为他没有真正理解我所说的真谛。须菩提,说法的人其实并没有法可以说,所以叫作说法。"

这时,尊者须菩提又对佛说:"世尊,在未来,是否有众生听到这样的佛法而生起信心呢?"

佛陀回答："须菩提，他们既不是众生，也非不是众生。为什么呢？须菩提，所谓众生，如来说并非众生，只是叫作众生罢了。"

无法可得分第二十二

原文

须菩提白佛言："世尊，佛得阿耨多罗三藐三菩提，为无所得耶？"

佛言："如是，如是。须菩提，我于阿耨多罗三藐三菩提，乃至无有少法可得，是名阿耨多罗三藐三菩提。"

语译

须菩提对佛说："世尊，难道佛具有的无上正等正觉的佛法，也是无所得吗？"

佛陀回答："是的，是的。须菩提，我对于无上正等正觉的最高佛法一无所得，心里一点儿也没有得法的念头，只是叫作无上正等正觉罢了。"

净心行善分第二十三

原文

"复次,须菩提,是法平等,无有高下,是名阿耨多罗三藐三菩提。以无我、无人、无众生、无寿者,修一切善法,即得阿耨多罗三藐三菩提。须菩提,所言善法者,如来说即非善法,是名善法。"

语译

"再者,须菩提,诸法是绝对平等的,没有什么高下之分,所以才叫作无上正等正觉。摆脱了自我的相状、他人的相状、众生的相状、寿者的相状的区分,来修习一切的善法,就可以证得无上正等正觉。须菩提,所谓善法,如来说并非善法,只是叫作善法罢了。"

福智无比分第二十四

原文

"须菩提,若三千大千世界中所有诸须弥山王,如是等七宝聚,有人持用布施,若人以此《般若波罗蜜经》,乃至四句偈等,受持、读诵、为他人说,于前福德,百分不及一,百千万亿分,乃至算数、譬喻所不能及。"

语译

"须菩提,如果有人用三千大千世界中所有须弥山王这么多的七种珍宝,来进行布施;而另外有人拿着这本《般若波罗蜜经》,哪怕只是其中的四句偈,加以信守奉持、阅读背诵,并且向他人宣讲;那么,前面那个人布施所得的功德,还不及后一个人的百分之一,百千万亿分之一,乃至用数字、譬喻都无法说清楚的无数分之一。"

化无所化分第二十五

原文

"须菩提,于意云何?汝等勿谓如来作是念:我当度众生。须菩提,莫作是念。何以故?实无有众生如来度者,若有众生如来度者,如来即有我、人、众生、寿者。

"须菩提,如来说有我者,即非有我,而凡夫之人以为有我。须菩提,凡夫者,如来说即非凡夫,是名凡夫。"

语译

佛再次询问:"须菩提,你觉得如何?你不要认为如来会有这样的念头:我应当去度化众生。须菩提,不要如此心生执念。为什么?因为实在是没有如来可度的众生,假如有众生让如来来度化,那么如来就落入自我、他人、众生和寿者相状的执着之中。

"须菩提,我虽口称有我,实质上并不是真实的我,但一般的凡夫却以为有一个真实的我。须菩提,所谓凡夫,如来说他并非真实的凡夫,只不过假名为凡夫而已。"

法身非相分第二十六

原文

"须菩提,于意云何?可以三十二相观如来不?"

须菩提言:"如是,如是,以三十二相观如来。"

佛言:"须菩提,若以三十二相观如来者,转轮圣王即是如来。"

须菩提白佛言:"世尊,如我解佛所说义,不应以三十二相观如来。"

尔时,世尊而说偈言:

 若以色见我,

 以音声求我,

 是人行邪道,

 不能见如来。

语译

"须菩提,你觉得可不可以凭借三十二种殊妙身相来证见如来?"

须菩提回答:"是的,是的,可以凭借三十二种殊妙身相来证见如来。"

佛陀说:"须菩提,假如凭借三十二种殊妙身相就可以证见如来,那么,转轮圣王就是如来了。"

须菩提对佛陀说:"世尊,按我理解的佛所说的道理,不应该凭借三十二种殊妙身相来证见如来。"

这时,世尊说了一首偈:

若想凭色相见我,

若以声音寻求我,

此人修行邪魔道,

必不能证见如来。

无断无灭分第二十七

原文

"须菩提,汝若作是念:如来不以具足相故,得阿耨多罗三藐三菩提。须菩提,莫作是念:如来不以具足相故,得阿耨多罗三藐三菩提。须菩提,汝若作是念:发阿耨多罗三藐三菩提心者,说诸法断灭。莫作是念。何以故?发阿耨多罗三藐三菩提心者,于法不说断灭相。"

语译

"须菩提,假如你有这样的念头:如来不因具足一切诸相的缘故,而证得无上正等正觉。须菩提,你不应当有这样的念头:如来不因具足一切诸相,才证得无上正等正觉。须菩提,你如果有这样的念头:发无上正等正觉菩提心的人,说一切诸法都是断灭空性。你不应当有这样的念头。为什么呢?因为发无上正等正觉菩提心的人,对一切的法不说断灭相。"

不受不贪分第二十八

原文

"须菩提,若菩萨以满恒河沙等世界七宝,持用布施,若复有人,知一切法无我,得成于忍,此菩萨胜前菩萨所得功德。何以故?须菩提,以诸菩萨不受福德故。"

须菩提白佛言:"世尊,云何菩萨不受福德?"

"须菩提,菩萨所作福德,不应贪著,是故说不受福德。"

语译

"须菩提,如果有菩萨用充满恒河沙数一样多的世界的七种珍宝布施,而另外有人,明白一切法没有自性,达到无生法忍的大乘境界,那么,此人的功德远远超过了前者。为什么呢?须菩提,这是因为真正的菩萨是不接受有为福报功德的。"

须菩提问佛陀:"世尊,为什么说菩萨不接受有为福报功德?"

"须菩提,菩萨对于所作的福报功德,没有任何执着贪求,所以说菩萨不接受有为福报功德。"

威仪寂静分第二十九

原文

"须菩提,若有人言,如来若来若去,若坐若卧,是人不解我所说义。何以故?如来者,无所从来,亦无所去,故名如来。"

语译

"须菩提,假如有人说如来也是有来、有去、有坐、有卧等相,那么这个人就是没有彻底参透我所说的佛法义理。为什么呢?所谓如来,实在是无所来处,也无所去处,所以才称为如来。"

一合理相分第三十

原文

"须菩提,若善男子、善女人,以三千大千世界碎为微尘,于意云何?是微尘众,宁为多不?"

须菩提言:"甚多,世尊。何以故?若是微尘众实有者,佛即不说是微尘众。所以者何?佛说微尘众,即非微尘众,是名微尘众。世尊,如来所说三千大千世界,即非世界,是名世界。何以故?若世界实有者,即是一合相。如来说一合相,即非一合相,是名一合相。"

"须菩提,一合相者,即是不可说。但凡夫之人,贪著其事。"

语译

"须菩提,如果有善男子、善女人,把三千大千世界碾碎成微尘,你有什么看法?这些微尘是不是很多?"

须菩提说:"很多,世尊。为什么呢?如果这些微尘都是真实存在的,佛就不会说微尘很多。为什么呢?佛说微尘很多,其实并非微尘很多,只是一个假名的微尘而已。世尊,如来所说的三千大千世界,也是虚幻不实的,只是假名为三千大千世界而已。为什么呢?如果我们把这个世界看成实有的,那么,它不过是很多微尘积聚而成的所谓整体。这个整体本身并没有独立的自性,因此并非实在的整体,只不过名为整体而已。"

"须菩提,这个积聚而成的整体,实际是无法言说的。但一般的凡夫不明白这个道理,所以才会对这样虚幻的整体执着。"

知见不生分第三十一

原文

"须菩提,若人言,佛说我见、人见、众生见、寿者见。须菩提,于意云何?是人解我所说义不?"

"不也,世尊,是人不解如来所说义。何以故?世尊说我见、人见、众生见、寿者见,即非我见、人见、众生见、寿者见,是名我见、人见、众生见、寿者见。"

"须菩提,发阿耨多罗三藐三菩提心者,于一切法,应如是知、如是见、如是信解,不生法相。须菩提,所言法相者,如来说即非法相,是名法相。"

语译

"须菩提,如果有人说,佛在宣说自我的相状、他人的相状、众生的相状和寿者的相状。须菩提,你有怎样的看法呢?你认为这个人理解我所说的道理吗?"

"没有,世尊,这个人没有理解如来所讲的道理。为什么呢?世尊说自我的相状、他人的相状、众生的相状和寿者的相状,并非自我的相状、他人的相状、众生的相状和寿者的相状，只是名为自我的相状、他人的相状、众生的相状和寿者的相状。"

"须菩提，发无上正等正觉菩提心的人，对于一切的法，应该这样了知、这样观察、这样信解，不起分别心。须菩提，所说的法相，其实都是虚幻不实的，只是名为法相。"

应化非真分第三十二

原文

"须菩提，若有人以满无量阿僧祇世界七宝，持用布施，若有善男子、善女人发菩提心者，持于此经，乃至四句偈等，受持、读诵、为人演说，其福胜彼。云何为人演说？不取于相，如如不动。何以故？一切有为法，如梦幻泡影，如露亦如电，应作如是观。"

佛说是经已，长老须菩提及诸比丘、比丘尼、优婆塞、优婆夷，一切世间天、人、阿修罗，闻佛所说，皆大欢喜，信守奉行。

语译

"须菩提,如果有人用遍布无数世界的七种珍宝来布施,而另有善男子、善女人发了殊胜的无上菩提心,受持、读诵并且为别人解说这部经书,哪怕只是其中四句偈,所获得的福德远远胜过前面那个用遍布无数世界的七种珍宝来布施的人。那么,应当如何为别人解说此经呢?那就应当不执着一切相,安住于一切法性空而不为法相分别所倾动。为什么呢?一切世界的有为诸法,皆如梦如幻、如泡如影、如露也如电,应作如是的观照。"

佛陀说完这部《金刚经》,须菩提和其他的比丘、比丘尼,以及在家修行的男女居士们,世间的天神、人、阿修罗等,听闻佛的说法,无不心生欢喜,信守奉行。

附录 2

《心经》到底讲了什么

《心经》是中国人非常熟悉的一部佛经，也是在中国流传最广的一部佛经，非常短，只有 260 个字。但一般人感觉它非常难懂，不知道它在说什么。原因在哪里呢？原因在于《心经》全文都是佛学的概念，如果我们没有一定的佛学基础，就很难理解。读过《金刚经》之后，再来读《心经》，就不会觉得有什么困难。

我们看《心经》的原文。第一句"观自在菩萨，行深般若波罗蜜多时，照见五蕴皆空，度一切苦厄"就有三个重要的概念，一个是六度中的般若，一个是五蕴，一个是空。我们在前面的章节中讲过六度、讲过五蕴、讲过空。大家可以复习一下。明白了这三个概念，我们就可以明白这句话的含义——观自在菩萨（就是观世音菩萨），通过修行六度中的般若，照见了五蕴皆空，然后就化解了一切烦恼痛苦。"行"是修行的意思，意味着只有当我们把人生当作修行，我们才能照见"五蕴皆空"；当我们把人生当作修行，我们就能渐渐成为人生的主人，现实就不会把我们带走。你看观自在菩萨，就在现实里，坐定，进入一种深度的修行状态，然后，他就越过了现实的羁绊，在现实里又不在现实里。这个"深"字梵文是：gambbiran，有深邃的意思，同时也意指阴道与脐带之间的区域，这个区域是孕育生命的区域，一个本源，一个初始。这个"深"的另一种解释是，般若的修行有深浅两个层次，破除了对"自我"的执着，明白了因果，自己觉悟了，就是浅的般若；如果破除了对一切现象的执着，明白了实相的本体，不仅自己觉悟了，还要让别人也觉悟，就是深的般若。

所以，《心经》第一句话，告诉我们的，是如何彻底解决烦恼痛苦？答案是修行六度，然后证悟五蕴皆空。那么，什么是"五蕴"呢？接着一句"舍利子，色不异空，空不异色，色即是空，空即是色，受、想、行、识，亦复如是。"舍利子是佛陀的十大弟子之一。《心经》是观自在菩萨对着舍利子说法。观自在菩萨告诉舍利子，所谓五蕴皆空，就是色不异空，空不异色，色即是空，空即是色，受、想、行、识，以此类推。这句讲的是色、受、想、行、识这五者假合而成的身心，都是空的，空并不是没有，而是超越了有和没有，确切地说，五蕴的运作，并没有一个主体在主宰，只是因缘法在起作用，只是因缘和合。

因为是因缘和合，所以，观自在菩萨进一步告诉舍利子，"是诸法空相，不生不灭，不垢不净，不增不减。是故，空中无色。无受、想、行、识；无眼、耳、鼻、舌、身、意；无色、声、香、味、触、法；无眼界，乃至无意识界；无无明，亦无无明尽，乃至无老死，亦无老死尽；无苦、集、灭、道，无智亦无得。以无所得故，菩提萨埵，依般若波罗蜜多故，心无挂碍。无挂碍故，无有恐怖。"这一段话里有几个非常常见的佛学概念，六根、六尘、十二因缘、四谛，前面我们详细讲过，可以复习一下。这一段观自在菩萨首先推导出一个判断，既然五蕴皆空，那么，一切的存在都是空的，就是说一切的存在，在本体上都超越了二元分别，超越了生和灭、垢和净、增和减，在本体上并没有生和灭，也没有垢和净，也没有增和减。所以，五蕴、六根、六尘、十八界、十二因缘、四谛等，只是因缘和合，并不是实相，而是一种幻象。可以说，并没有五蕴，也没有六根六尘，也没有十八界，也没有十二因缘，也没有四圣谛。连着12个"无"把一切都否定了，把佛陀讲过的一切概念都否定了。如果我们有一定的修行基础，就会明白，这并不是否定佛陀的概念和修行，而是强调执着于佛陀的概念和修行，不过是从一个牢笼跳进另一个牢笼。这12个"无"是在提醒我们，要从一切人为设置之中解脱出来，把自己放在无限的空虚之中。这12个"无"，是跳出了人类的格局，站在无限的虚空之中回望人类时的发现，有一种彻底解放的喜悦。

以前有一个禅师说：只要我们守着一个"无"字，就能够顿悟。无，字面上的意思是没有。一般人听了这句"无眼、耳、鼻、舌、身、意"，都会惊奇：明明是有，怎么会没有呢？所以，这种否定法有提醒的效果。提醒什么呢？提醒我们以为的真实世界，都是依赖于十八界内的各种元素相互作用，如果这些元素中的任何一个改变了，我们熟悉的自以为真实的世界就会变。当观自在菩萨说"无眼"时，把我们引向了一个假设：假如没有我们的眼睛、鼻子、耳朵……这个世界会怎么样？

这个假设又把我们引向无限的体验。很多事情是人类无法知道的，人类只知道人类所能知道的那点事。所谓世界，只是人所感知到的世界。也许，在同时同地，另外一些"存在"与我们同时存在着，但我们完全无法感知他们，至于他们，也可能无法感知我们，也可能能够感知我们，而我们完全觉知不到。我们只看到我们所看到，而我们看不到的，却是无限的。

今天的科学发展越来越证明这个不是假设，而是一个简单的宇宙的真相。当我们的宇航员离开地球，从遥远的星空回望地球，地球像什么呢？比我们的一个人还要小的一粒颗粒。如果我们继续在太空里遨游，那么，看到的地球，可能比尘埃还要小。如果我们一直在太空里遨游，就会发现时间的虚幻，其实并没有时间。

"空中无色"，首先是在提醒我们意识到有种看不见的东西存在，体会一下爱因斯坦说的一句话："看得见的东西往往只是一个幻觉，看不见的世界才是真实的世界"。当《心经》说"是诸法空相，不生不灭，不垢不净，不增不减"，是突然跳出了"五蕴"，跳出了"十八界"，到了浩瀚的太空里。一旦跳出"十八界"，一个真相就会浮现，一个宇宙的奥秘就会显现，不生不灭，不垢不净，不增不减。如果说"五蕴皆空"是站在人类自身的角度发现并觉知到了五蕴的空性，那么，空中无五蕴，是站在宇宙的层面发现并觉知到了五蕴的空性。

简单归纳一下，前面的12个"无"，包含了两层意思：第一层意思，不过是在提醒我们要跳出来，跳出人类的界域来观察、思考。如果我们局限在人类的领域观察、思考人类的问题，永远不会有什么实质性的解决，永远在轮回。只有跳出来，从一个更高的点回望或俯视人类，才能明白到人类的问题到底在哪里，人类的出路到底在哪里，而根本上，我们只有超越我们的器官和心智所经验的世界，我们才不会迷失在这个世界里，我们才不会被这个世界的形形色色所奴役，我们才有可能唤醒我们内心的巨大无意识，最终回到原初的本源里。第二层意思，不过是提醒我们不要迷信这个世界上的任何说法，包括佛法。这里的 12 个"无"字，好像把佛陀一生的教法都一笔"无"掉了。但实际上，"无苦、集、灭、道"，意思是我们不要迷信四谛的方法，这些不过是手段而已。"无智亦无得"，意思是要超越般若智慧，不要执着于成佛的念头。存在的本质空无一物，不生不灭，不增不减，不垢不净，哪需要去追求成佛呢？我们从来没有失去过，当然也就不会得到什么。

因为这 12 个"无"，就有了接下来的 4 个"无"，"以无所得故，菩提萨埵，依般若波罗蜜多故，心无挂碍。无挂碍故，无有恐怖。远离颠倒梦想，究竟涅槃"。当我们超越了人类的格局，回到本源，当我们不执着于任何的教条、意识，那么，我们就可以做到心无挂碍，没有任何恐惧，也没有任何颠倒妄想，就可以达到彻底觉悟的境界。

最后一段经文为："三世诸佛，依般若波罗蜜多故，得阿耨多罗三藐三菩提。故知般若波罗蜜多,是大神咒,是大明咒,是无上咒,是无等等咒,能除一切苦,真实不虚。故说般若波罗蜜多咒,即说咒曰:'揭谛,揭谛,波罗揭谛,波罗僧揭谛,菩提萨婆诃。'"

最后一段是一个总结,大意是历来的佛,都是修行六度中的般若,而达到无上正等正觉。所以,这种引导我们解脱的智慧,是大神咒,是大明咒,是无上咒,是无等等咒。所以,最后用般若波罗蜜多咒结束《心经》:"揭谛,揭谛,波罗揭谛,波罗僧揭谛,菩提萨婆诃。"

咒语被认为有神秘的力量,是人类原始的语言,用来和人类以外的存在沟通,是隐秘的信息,是秘密的链接。就像《心经》里的这句咒语,佛陀说就是般若波罗蜜多咒,能除一切苦,真实不虚。

在佛教里,咒语是佛的心印,只有佛与佛才能明白,是一种秘密的语言。所以,我们不明白也不用着急,等你成佛了自然就会明白。咒语又好像是一种来自宇宙深处的召唤,启示着我们要回到什么地方去。所以,《心经》的咒语如果要翻译,也只是隐约的意思。孔兹将这句咒语翻译为英文:Gone, gone, gone beyond, gone altogether beyond, O what an awakening, all hail! 再从英文直译为中文就是:去吧!去吧!越过去吧!一起超越过去吧!伟大的觉悟啊！为一切喝彩！而孟祥森将这句咒语译为中文：领悟的心啊，启程吧，启程吧，走向彼岸，登上彼岸，呵呵，多么快乐！

译文有细微的不同，但那种呼唤人们启程的声音是一致的。为什么一句呼唤人们启程吧、去远方的咒语就能除掉一切痛苦不幸呢？这不是一个容易回答的问题，很可能是一个不可回答的问题。这是关于《心经》的大概串讲。

总的来说，《心经》的伟大，在于用很简单的260个字，回答了众生所有的问题。而且，更了不起的是，这个回答不仅展示了一个思路，更提供了一个非常实际的一步一步的修行方法。用武术的套话来说，《心经》具有秘籍的性质，每一个字里，都隐藏着一种秘密的修行途径，带着我们抵达灵性的巅峰。

可以说，《心经》是最短的经典，却有最实的方法，最妙的思想，如果我们能够透过文字，真正领悟它的含义，并且去真正实证，那么，在觉知真相的道路上，我们获得的是一个人所能达到的最深刻也是最终的自由：我们自己可以定义我们自己的人生。

最后，我想再补充一点关于《心经》的内容，就是《心经》是由谁翻译成中文的。我们现在通行的《心经》版本，是唐朝玄奘大师翻译的。公元649年，也就是唐朝贞观二十三年。那一年的5月24日，玄奘大师在终南山的翠微宫，翻译了一部很短的佛经，叫《般若波罗蜜多心经》，也称《般若心经》，简称《心经》。从此，这部只有短短260个字的经典，这部叫作《心经》的经典，成为在中国流传最广的佛经之一。

事实上，玄奘大师之前，早在三国时期，吴国的支谦就翻译过这部佛经，叫作《摩诃般若波罗蜜咒经》。这个译本已经失传了。南北朝时期的鸠摩罗什也翻译过这部佛经，叫作《摩诃般若波罗蜜大明咒经》，又名《摩诃大明咒经》。但玄奘大师第一次用了"心经"来命名这部经典，这个名称一直沿用并流行到今天。

玄奘大师之后，还有很多译本。方广锠的《般若心经译注集成》（上海古籍出版社）里，列出了从支谦的《摩诃般若波罗蜜咒经》到佚名的《梵语心经》，一共21种，并说："一部佛经，古今被译二十一次，这在中国佛经翻译史上是仅见的，充分说明《般若心经》在中国佛教史上的地位。"

《心经》的心，指的是核心、精华，意思是这部短小的经典，是六百卷般若经的精华。所以，很多年来，佛教徒都有抄写《心经》的习惯。在中国，即使不是佛教徒，也有很多人喜欢抄写或者念诵《心经》，以获得内心平静的力量。著名的书法家像赵孟頫、张旭等都抄写过《心经》，一些皇帝比如乾隆皇帝，也有抄写《心经》的习惯。玄奘大师在去印度的路上，路上历经的艰险超出常人想象。玄奘大师依靠两种方法摆脱内心的恐惧，一是念诵观世音菩萨的名号，二是念诵《般若心经》。每次玄奘大师念诵《般若心经》，总是能够得到感应，帮助他度过了一路的险恶。据慧立所撰《大慈恩寺三藏法师传》，"至沙河间，逢诸恶鬼，奇状异类，绕人前后，虽念观音不得全去，即诵此《经》，发声皆散，在危获济，实所凭焉。"

念诵《心经》或者抄写《心经》，确实是一种最简单的修行，既能够让自己很快安静下来，又能够让自己在抄写或念诵的过程中慢慢领悟佛法。实际上，抄经是佛教徒的基本功课，只是因为《心经》最短，所以抄写的人就特别多。《心经》和《金刚经》，是两部被抄写最多的佛教经典。

弘一法师曾经讲过抄经出的益处，总共有10种，有兴趣可以去查阅一下。抄经的时候，也有一些讲究，比如要有恭敬心，有些人在抄经前会洗手、焚香，很有仪式感，字迹要工整，等等。但最重要的，在我看来，是要有恭敬心。还有一直坚持非常重要。每天抽出一点点时间，抄写《心经》，养成一个习惯，这会对我们的心态有很大的影响。最后，我们一起读一遍《心经》结束我们这本书，祝福大家在未来的岁月里，不管遇到什么，都能凭借自己的信心和觉知，平安喜乐。

观自在菩萨，行深般若波罗蜜多时，照见五蕴皆空，度一切苦厄。舍利子，色不异空，空不异色，色即是空，空即是色，受、想、行、识，亦复如是。舍利子，是诸法空相，不生不灭，不垢不净，不增不减。是故，空中无色，无受、想、行、识；无眼、耳、鼻、舌、身、意；无色、声、香、味、触、法；无眼界。乃至无意识界；无无明，亦无无明尽，乃至无老死，亦无老死尽；无苦、集、灭、道，无智亦无得。以无所得故，菩提萨埵，依般若波罗蜜多故，心无挂碍。无挂碍故，无有恐怖。远离颠倒梦想，究竟涅槃。三世诸佛，依般若波罗蜜多故，得阿耨多罗三藐三菩提。故知般若波罗蜜多，是大神咒，是大明咒，是无上咒，是无等等咒，能除一切苦，真实不虚。故说般若波罗蜜多咒，即说咒曰：揭谛，揭谛，波罗揭谛，波罗僧揭谛，菩提萨婆诃。

参考书目

1. 《金刚经讲义》(江味农,华东师范大学出版社,2015 年 4 月)
2. 《佛陀和原始佛教思想》(郭良鋆,中国社会科学出版社,1997 年 12 月)
3. 《七堂极简物理课》(卡洛·罗韦利,湖南科学技术出版社,2017 年 2 月)
4. 《佛陀传》(一行禅师,河南文艺出版社,2014 年 3 月)
5. 《佛教逻辑》(舍尔巴茨基,商务印书馆,2007 年 10 月)
6. 《金刚经讲话》(星云法师,东方出版社,2020 年 12 月)
7. 《金刚经》(程恭让释译,东方出版社,2020 年 7 月)
8. 《印度佛教史》(平川彰,北京联合出版公司,2020 年 6 月)

图书在版编目(CIP)数据

和悉达多散步 / 费勇著. -- 昆明：云南科技出版社, 2025.6.-- ISBN 978-7-5587-6447-9

I. B84-49

中国国家版本馆 CIP 数据核字第 20259FM215 号

和悉达多散步
HE XIDADUO SANBU

费勇 著

| 责任编辑：曾　芫 |
| 监　　制：王远哲 |
| 策划出版：岛石文化 |
| 策划编辑：王婧涵 |
| 文案编辑：王成成 |
| 营销编辑：秋　天 |
| 责任校对：秦永红 |
| 责任印制：蒋丽芬 |

| 书　　号：ISBN 978-7-5587-6447-9 |
| 印　　刷：三河市鑫金马印装有限公司 |
| 开　　本：775 mm×1120 mm　1/32 |
| 印　　张：9.75 |
| 字　　数：250 千字 |
| 版　　次：2025 年 6 月第 1 版 |
| 印　　次：2025 年 6 月第 1 次印刷 |
| 定　　价：56.00 元 |
| 出版发行：云南科技出版社 |
| 地　　址：昆明市环城西路 609 号 |
| 电　　话：0871-64114090 |

版权所有　侵权必究